庫

一　首　千　両

酔いどれ小籐次（四）決定版

佐伯泰英

文 藝 春 秋

目次

主な登場人物

赤目《あかめ》小《こ》籐次《とうじ》　元豊後森藩江戸下屋敷の厩番。藩主の恥辱を雪ぐため藩を辞し、大名四家の大名行列を襲って御鑓先を奪い取る騒ぎを起こす（御鑓拝借）。来島水軍流の達人にして、無類の酒好き

久留《くる》島通嘉《しまみちひろ》　豊後森藩藩主

久慈屋昌右衛門　芝口橋北詰めに店を構える紙問屋の主

観右衛門　久慈屋の大番頭

浩介　久慈屋の手代

秀次　南町奉行所の岡っ引き。難波橋の親分

新兵衛　久慈屋の家作である長屋の差配

お麻　新兵衛の娘。亭主は錺職人の桂三郎、娘はお夕

勝五郎　新兵衛長屋に暮らす、小籐次の隣人。読売屋の下請け版木職人。女房はおきみ

うづ　平井村から舟で深川蛤町裏河岸に通う野菜売り

おりょう　大身旗本、水野監物の下屋敷奥女中。歌人・北村季吟の血筋

久坂華栄　水戸藩前之寄合
鞠姫　久坂華栄の娘
津村玄五郎　久坂家用人
太田拾右衛門　水戸藩小姓頭
太田静太郎　太田拾右衛門の息子、鞠姫の許嫁
細貝忠左衛門　久慈屋の本家の当主。西野内村の紙漉きの元締めで名主
古田寿三郎　赤穂藩森家お先頭
伊丹唐之丞　肥前小城藩江戸屋敷中小姓

一首千両

酔いどれ小籐次㈣決定版

第一章　赤馬の千太郎

一

文化十五年（一八一八）の新年が明けようとしていた。

赤目《あかめ》小籐次《ことうじ》は芝口新町の新兵衛長屋で静かな元旦を迎えることができた。目を覚ました暗い寝床の中で、激変の文化十四年を振り返り、改めて、

（よう生きておる）

と新たなる感慨を覚えた。それもこれも久慈屋昌右衛門《くじやまさえもん》を始め、小籐次を理解する人々の好意があったればこそだ。

この長屋も夜具も、すべて久慈屋が用意してくれたものだ。

年の内に紙問屋久慈屋の店用に使う膨大な数の刃物、それに台所の包丁などを

綺麗に研ぎ上げていた。さらに青竹を割り、新年のための菜箸《さいばし》と家族、奉公人それぞれの箸を作り上げておいてきた。

日頃、世話になりっ放しの久慈屋へのせめてもの小籐次の気持ちだった。

夜具に半身を起こした小籐次は、火鉢の埋火《うずみび》を掘り出して行灯《あんどん》に灯りを点《とも》した。

灯心に火が点ると、

ぼうっ

と部屋の中が明るく浮かび上がった。

刻限は七つ（午前四時）前であろう。

まだ、長屋じゅうが眠りの中にあった。

夜具を畳むと部屋の隅に積んだ。水甕《みずがめ》の脇に置かれた真新しい木桶《きおけ》を手にすると、長屋の井戸端に向った。深川の得意先の桶屋が、

「浪人さん、正月くらい木の香のする桶を使いねえな。刃物を研いでくれる礼だよ」

とくれたものだ。

長屋のどぶ板の上に未明の濃い闇が居座っていたが風もなく、穏やかな元日を迎えられそうだ。

表通りから人声がするのは、初詣《はつもうで》に愛宕《あたご》山か品川の浜に出かける連中だろう。小籐次は鶏鳴《けいめい》暁を告げる前に井戸で若水を汲《く》み、それを木桶に移して部屋に持ち帰った。

師走に久慈屋の大番頭観右衛門《かんえもん》が、

「赤目様の周りには殺伐とした空気が漂っております。せめて、体を休める長屋くらいは神様に見守ってもらいましょう」

と、小さな神棚を小僧に担がせてきて部屋の柱に取り付けてくれた。神棚には久慈屋と同じ守り神の芝神明社《しばしんめいしゃ》のお札が祀《まつ》られてあった。

小籐次は神棚の下に箱を逆さにおいて、その上に奉書紙を巻いた商売道具の砥《と》石《いし》や小刀を飾り、若水を上げて、一年の安泰を祈願した。

「よしよし」

と独り言をいった小籐次は寝巻きを脱ぎ捨て、着慣れた古い裁《た》っ付《つ》け袴《ばかま》を穿《は》き、手に備中国《びっちゅうのくに》の刀鍛冶次直《つぐなお》が鍛えた一剣を持ち、腰に脇差長曾禰《ながそね》虎徹入道興里《こてつにゅうどうおきさと》を差して、手拭《てぬぐい》で頬被《ほおかぶ》りをした上に菅笠《すげがさ》を被った。

これで外出の仕度はなった。

草履《ぞうり》を突っかけ、昨夜のうちに上がり框《がまち》に用意していた貧乏徳利と茶碗をもう一方の手に持った。敷居を跨《また》ぐと濃い闇が幾分薄れたように思えた。

辺りを見回す。

刺客《しかく》を気にしてのことだ。

赤目小籐次は肥前鍋島本藩三十五万七千石、支藩の小城《おぎ》藩など四家と死闘を繰り返す最中にあった。

だが、さすがに鍋島四家が秘密裏に組織した赤目小籐次暗殺団、追腹組《おいばらぐみ》も正月早々には動きを見せてはいなかった。

小籐次は長屋の奥に向った。

久慈屋の家作の一つ、新兵衛長屋の裏手は赤坂溜池《ためいけ》から築地川へと続く御堀に繋《つな》がる堀留に接していた。四尺ほどの高さの石垣の下には、小籐次が研ぎ仕事に使う小舟が舫《もや》われていたのだ。

これも久慈屋から自由に使うようにと借り受けたもので、小籐次は使い勝手がいいように工夫を加えていた。

舟に乗り込んだ小籐次は、船底に砥石をはめ込むように作られた穴に貧乏徳利と茶碗を立て、舫い綱を外した。

小舟に常備してある筵《むしろ》に大小をくるくると巻き込んで、傍《かたわ》らに置いた。波を被らぬ用心だった。

石垣を手で押して、小舟を御堀へと向けた。

まだ芝口新町は眠り込んでいた。

小籐次は竿《さお》を使って静かに進んだ。

町屋の大晦日は夜半まで忙しい。お店《たな》では得意先に掛取りに回り、長屋では日頃の付けを払うべく掛取りの手代や小僧を迎えた。

借金はさっぱり払って年を越す。これが江戸っ子のせめてもの心掛けであった。中には酒屋、米屋、油屋の付けが払い切れず居留守を使う者もいたが、そんな連中も、

「来年こそは人並みに付けを払えるようにするぜ」

と掛取りの遠のく足音に誓ったものだ。

そんなわけで江戸の町は死んだように眠りに就いていた。

町屋の間にくねくねと延びる堀を進むと顔に潮風を感じた。築地川から吹き上げてきた風が御堀を伝い流れてきたのだ。

小舟を御堀に入れて櫓《ろ》に替えた。

艫《とも》に座ったまま、半身《はんみ》にして櫓を漕《こ》ぐ。手馴《てな》れたものだ。

赤目小籐次は、去年の春先まで豊後《ぶんご》森藩一万二千五百石の江戸下屋敷の奉公人であった。

森藩藩主の久留島《くるしま》家は元々伊予来島《いよくるしま》水軍の末裔《まつえい》、海に生きてきた一族だった。それが関ヶ原の戦いで西軍に与《くみ》して敗残の身になり、お家廃絶を覚悟した。それを不憫《ふびん》に思った福島正則《まさのり》の口利きで、

「海から山へ」

と領地替えすることで、ようやく安堵《あんど》されたのだ。

小籐次は幼少の折から船戦《ふないくさ》に使う剣法、来島水軍流を、さらには海に生きる知恵の数々を亡父に授けられてきた。

櫓を漕ぎ、竿を操るなどお手のものだ。

左手に豊前中津藩十万石の上屋敷の石垣と白い塀が薄ぼんやりと見えてきた。さらに武家屋敷の間に架けられた橋を潜《くぐ》ると、左手に尾張中納言家の蔵屋敷、右手には浜御殿の石垣が見えてきた。

風もない穏やかな水路を、小籐次の操る小舟は滑るように進んだ。

波音が響き、大川の河口が江戸の海へとぶつかる浜御殿沖の海へと、小舟は乗り入れた。

舟が揺れたが、小籐次は舳先《へさき》を南に向けた。

浜御殿の沖合い半町のところを海岸沿いに品川沖へと進めた。

小舟が横波を被って揺れたが、小籐次にとっては母親の背におぶわれているようなものだ。

東の空が白んできた。

浜風に乗って初日の出を待つ連中の立ち騒ぐ声が海にも伝わってきた。

「高輪《たかなわ》、芝浦、愛宕山、神田、湯島の両台等、海上見晴せる場所には、元旦の東雲《しの》告渡《めつげわたる》と共に、近傍《きんぺん》の人相《あい》集まりて、初日影を拝す。例年大晦日は繁忙に夜を明し、漸く《ようや》往来の足音途絶えしと覚ゆる頃には、初鳥の告渡る……」

と『江戸府内絵本風俗往来』にその様子を記すように、浜には初日の出を拝まんとする老若男女が雲集《うんしゅう》して、酒を酌み交わしつつ、その刻限を待っていた。

小籐次の操る小舟は、東海道が品川の海と接して南進する高輪大木戸の沖合いに到着した。

折から静かに燃える日輪が上がってきた。

浜から歓声と拍手が響いてきた。

小籐次も櫓を片足で器用に保ちながら、初日の出を遥拝《ようはい》し、この春には参勤交代で江戸に上って来られる旧主久留島通嘉《みちひろ》様一行の道中安全と通嘉様の健康を祈願した。さらに、久慈屋の商売繁盛と主一家と奉公人の平穏を祈った。

「これでよし」

と呟《つぶや》いた小籐次は足元の貧乏徳利を摑《つか》み、口で栓を開けた。

茶碗になみなみと酒を注《つ》ぎ、香りを嗅《か》いだ。

「なんとも堪《たま》らぬのう」

小籐次はそう呟くと茶碗の酒を口に運んだ。口に含まれた酒が喉《のど》に落とされ、五臓六腑《ごぞうろっぷ》に沁み渡った。

「極楽極楽、目出度《めでた》き正月かな」

小籐次は、日輪が水平線から生まれ出るように離れるのを見ながら悠然と酒を飲んだ。

(ついに、独り身で齢《よわい》五十を迎えたか)

陶然《とうぜん》とした酔いの中で、そのことに思いを巡らした。

嫁女ももらえぬ不甲斐《ふがい》なき五十年であったが、

(それもまた、赤目小籐次の生き方かな)

世の中、不運不足を数え上げればきりがあるまい。奉公を辞めたというのに飢えもせず、こうして酒を楽しむこともできるのだ。

それ以上を望むことは贅沢《ぜいたく》の極みだ。

小籐次の脳裏におりょうの白い顔が浮かんだ。

おりょうは旗本大御番頭《おおごばんがしら》水野監物《けんもつ》の奥向きのお女中だ。

十六歳で水野家下屋敷の奉公に出た。

その折、見かけて以来、小籐次にとって思慕の女《ひと》だ。

おりょうになにを求めるわけでもない。おりょうがこの世にいるだけで、小籐次の心は温かく、幸せな気分を感じられた。

おりょうになんぞあれば一命を捨てる。それが赤目小籐次の生きがいになっていた。

日輪は穏やかな江戸の海を赤く照らしつけていた。

小籐次は時折、櫓を操って小舟の舳先を沖に向け、うねる波頭に立てた。

新たな酒を注ぎ、口元に茶碗を運ぼうとして、
うむ
と沖合いを見た。

流木に人がしがみ付き、波頭に浮き沈みしていた。

（正月早々なんということか）

と思いつつも、

（これもなにかの縁）

と思い直し、櫓に力を入れた。

弁才船《べざいせん》からでも海に落ちた水夫《かこ》か、と思いながら小舟を漕ぎ寄せると、流木に縋《すが》った腕が目に留まった。

腕に二本巻かれた入墨は、かつて御番所の世話になったことを意味していた。

となると流人《るにん》船から海に飛び込んで逃げようとしたか、流人船が嵐に遭い、沈没して海に投げ出された男か。

そんなことを考えながら、小籐次は竿で流木を引き寄せた。

やはり灰色のお仕着せは、その男が流人であることを示しているように思えた。

流木をしっかりと摑んだ腕は白く見えた。

小籐次は腕を摑んで流木から引き離そうとして、

「なんと生きておる」

と驚いた。

冬の海をどれほど漂流したものか。まだ温《ぬく》もりが感じられた。

「しっかりせえ」

と言いながら、お仕着せの襟《えり》を摑んで小舟に引き上げようとした。だが、よほどしっかりと流木に縋っているとみえて、なかなか手を離そうとはしなかった。

小籐次は男の腰にかなり深い刺し傷があるのを認めた。出血は止まっていたが、傷口がふやけて白く見えた。

「安心せえ、助かったぞ」

小籐次は指を一本ずつ流木から引き離し、襟首を両手で摑むと、まず上体を小舟に引き上げ、小舟の均衡をとりながら少しずつ男の体を上げた。

男の髪はざんばらに乱れ、それが顔にかかって見えなかった。

瘦《や》せてはいたが、六尺に近い長身だった。

五尺一寸の小籐次がなんとか小舟に男を引き上げると、その衝撃に男が、
ううっ
と小さく呻《うめ》いた。

「しっかりせえ」

小籐次は男の背に活を入れた。

ふううっ

と、息を吐いた男がざんばら髪を乱した顔を少しばかり上げた。狡猾《こうかつ》そうな目が小籐次を見上げた。

「三途《さんず》の川の渡し舟か」

気丈《きじょう》にも男の声音はしっかりしていた。

「江戸は高輪大木戸、三町ばかり沖合いの海だ」

「助かったぜ」

「飲むものはこれしかない」

小籐次は茶碗に酒を注ぐと男に差し出した。匂いを嗅いだ男が、

「酒か。地獄と思うたが、極楽舟に流れついたぜ」

と片手で茶碗を受け取り、一口飲んで噎《む》せた。

「ゆっくり飲め。気付け薬だ」

「酒の匂いを嗅がされて、ゆっくりなんぞしていられるか」

男は何度か噎せた後、一息に飲み干し、茶碗を持ったまま小舟に身を起こした。

「その方、流人じゃな」

「それがどうした」

小籐次を年寄りと見たか、平然と答えた。

「命の恩人にその口はなかろう」

「流人なら奉行所に連れていこうというのかえ」

男はざんばら髪の下の狡猾そうな目玉をぎょろぎょろさせた。なにか得物《えもの》でも探す目付きだ。

年の頃は三十前後か。伸びた無精髭《ぶしょうひげ》と髪を整えればもっと若いのかもしれぬ、と小籐次は男の年齢を推測した。

「どこから島抜けしてきた」

「伊豆の網代湊《あじろみなと》から新島《にいじま》に向かう船から逃げたのよ」

「ほう。生命冥加《いのちみょうが》な男と見える」

「爺《じじい》、おれをどうする気だ」

男は空の茶碗を片手で握り締め、小籐次の出方を窺《うかが》った。

「窮鳥《きゅうちょう》懐に入《い》れば猟師も殺さずと申すゆえ、直《す》ぐにどうこうする気はない」

その答えに安心したか、男は茶碗を小籐次に突き出した。

小籐次が貧乏徳利から新たな酒を注ぎながら、

「そなたの名は」

と聞いた。

「江戸無宿赤馬の千太郎」

「顔が長いで赤馬か」

けけけけっ
と笑った千太郎が、新たに注がれた酒を一口飲み、

「爺、顔じゃねえ。おれの一物《いちもつ》が馬並みに大きくてよ、赤いというんで赤馬の千太郎だ」

「それを芸に女を泣かせて、身過ぎ世過ぎを送ってきた手合いか」

小籐次は立ち上がると櫓に手をかけ、舳先を巡らした。

「爺、どこへ行く」

「元日早々、海で余計なものを拾うた。長屋に戻る」

「なにっ、今日は正月か」

千太郎が言うと、茶碗の酒を飲み干した。

「おめえの長屋はどこだ」

「芝口新町」

「浪人のようだが、仕事はなんだ」

「刃物の研ぎで暮らしを立てておる」

「研ぎ屋か。しけた商売だぜ」

「その方よりも真っ当な生き方じゃぞ」

千太郎が何事か考えるふうを見せた。そして、今度は貧乏徳利を引き寄せると、手酌で茶碗に酒を注いだ。

「塩水を飲んで海を漂っていたのだ。ほどほどにしておけ」

「命を助けたと調子に乗って説教なんぞをするんじゃねえ。お望みならば素手で絞め殺すぞ」

小籐次が、うふふふっ、と笑った。

「止《や》めておけ。赤馬の千太郎とて正月早々に人殺しはしたくあるまい」

「ふざけやがって」

と吐き出した千太郎は三杯めを飲んだ。

真っ青だった顔に赤みが差してきた。

小籐次の櫓捌《さば》きは、ゆっくりしているようで小舟はぐんぐんと進んでいく。いつしか、浜御殿の沖合いに差し掛かり、築地川へと舳先を向けた。

「江戸に戻ってきたぜ」

千太郎が感慨深げに呟き、浜御殿と尾張藩の蔵屋敷の間を流れる築地川界隈《かいわい》を見回した。

「そなた、江戸ではどこに住んでおった」

「あちこちよ」

「なにをやって島流しの沙汰《さた》を受けた」

「うるせえぜ、爺」

千太郎は答える気はないらしい。そして、何事か思案していた。

元旦の六つ（午前六時）過ぎだ。

辺りには漁師舟、荷舟の姿も見えなかった。

中腰に立ち上がった千太郎の手が竿を摑んだ。冷たい海を何日も漂流していたにしては敏捷《びんしょう》な動きだ。

櫓を漕ぐ小籐次の胸へと、竿の先端を突き出した。

片手に櫓を握ったまま小籐次の体が虚空《こくう》に飛び上がり、突き出された竿を避けると小舟の縁《へり》に飛び降りた。

小舟が大きく揺れて、中腰の千太郎が竿を手にしたまま築地川に転落した。

小籐次が竿を摑み、水中から浮き上がった千太郎の頭を竿の先で押さえつけた。

「恩人に向って礼儀知らずめが」

軽く押さえられた竿の下で、千太郎は水中から浮かび上がろうと必死でもがいた。

「く、苦しい。助けてくれ」

「そなた、助けようと思うたが、考えを変えた」

竿の先で千太郎を水中に押し込めると、手をばたばたさせていた千太郎が動かなくなった。

「厄介者が」

と竿を離した小籐次は、浮き上がってきた千太郎の体を再び小舟に引き上げた。

二

千太郎は高熱を発して、意味不明なうわごとを言い続けた。喧嘩でもしている夢を見ているのか、罵《ののし》るような叫び声もあった。

小籐次の耳に何度もはっきりと届いたのは、

「お兼」

という女の名だけだ。

小籐次は千太郎を引き上げ、水を吐かせて活を入れ直した。意識を取り戻した千太郎を新兵衛長屋に連れ戻った。

江戸の土を踏む前に年寄りの小籐次を始末でもしようとしたか、その企《たくら》みは小籐次の思わぬ反撃で、水中に転落させられた上にたっぷりと水を飲まされた。気を失い、再び意識を取り戻したとき、千太郎はもはや抵抗の意思を失っていた。

刺し傷を焼酎《しょうちゅう》で消毒され、小籐次の寝巻きに着替えさせられた千太郎に異変が起きたのは、長屋に連れ戻って半刻（約一時間）も過ぎた頃合だ。

「爺、寒いぜ」

と言った千太郎の顔が真っ赤だった。だが、顔から下の体はぶるぶると震えていた。

「夜具を被って、しばらく休め」

「寝込んだら、御用聞きを呼ぼうという算段か」

「病人を役人の手に渡す気はない。そなたの身柄をうんぬんするのは体が回復してからじゃ。余計な心配を致さず休め」

赤馬の千太郎も高熱と悪寒《おかん》に気力を殺《そ》がれたか、小籐次の言葉を聞いて一つある夜具に潜《もぐ》り込んだ。

小籐次は火鉢に炭を熾《おこ》して土瓶《どびん》を載せ、部屋に蒸気を立ち昇らせた。さらに井戸水を汲んできて、手拭を濡らし、千太郎の額に当てて熱を散らそうとした。

千太郎は、長時間海に浸《つ》かっていた体力の消耗から高熱を発して悪寒を呼んでいるのか、あるいは傷から雑菌が入ったか。自ら馬並みの人間と称する男だ、休ませれば元気を回復しようと考えた。

昼近くになって長屋が起きた様子で、子供たちが騒ぐ声がした。

版木職人の勝五郎が、厠《かわや》に行くついでに小籐次の部屋の戸を開き、

「お侍。人声がしたが、知り合いでも訪ねてきたか」

と声をかけた。

「屋敷奉公の折の仲間が来ておる。風邪を引いたらしく寝ておる」

「正月早々、野郎の病人が転がり込んで居候《いそうろう》とは味気ねえこった」

勝五郎はそう言うと戸を閉じかけ、

「おおっ、忘れていたぜ。新年おめでとうさん」

「おめでとうござる。本年もよしなに願う」

「互いに商い繁盛だといいな」

と言い残して、顔が消えた。

小籐次は千太郎のうわごとを聞きながら正月を過ごした。元日の夜が来て、千太郎の熱は幾分下がった様子で震えも止まった。

小籐次は、深川永代寺《えいたいじ》門前町の料理茶屋歌仙楼の女将《おかみ》おさきから贈られた綿入れを被り、一夜を過ごした。美人局《つつもたせ》に引っかかって店を乗っ取られそうになった旦那の危難を、小籐次が救った礼だった。

夜明け、千太郎の寝息がさらに落ち着いた。

朝、火鉢の炭火で土鍋に粥《かゆ》を作った。

それが炊き上がった頃、千太郎が、
ふーうっ
と一つ息を長く吐《つ》いて目を覚ました。

顔はかさかさで憔悴《しょうすい》していたが、目に力が戻っていた。

「確かに馬並みの回復力じゃのう」

「うるせえぜ」

千太郎の語調は、昨日ほど威圧的ではなかった。

小籐次が只者《ただもの》ではないと悟ったようだ。

「粥を作った。食べぬか」

千太郎が頷《うなず》いた。

小籐次は丼に炊き上がった粥を装《よそ》い、暮れのうちに久慈屋からもらった梅干を添えた。

「ゆっくり食せ」

千太郎は粥の入った丼を受け取ると黙って食べ始めたが、ふいに顔を小籐次に向け、聞いた。

「爺、おめえは何者だ」

「去年の春までは、さる西国の小名家に仕えておったが、故《ゆえ》あって浪々の身になった。ただ今は見てのとおりの長屋暮らしの年寄りだ」

「名はなんだ」

「赤目小籐次」

千太郎のずる賢そうな両眼が、ぐうっと見開かれた。

「爺。大名四家の参勤交代に斬り込んで、御鑓《おやり》先を拝借した侍がおめえか」

「牢屋暮らしでも承知か」

「伝馬町《てんまちょう》くらい世の中の動きに敏《さと》いところもねえのよ。おめえの話は繰り返し聞かされたぜ」

「話半分と言いたいが、まず十に一つもほんとの話はあるまい」

「赤馬の千太郎もドジを踏んだもんだ。酔いどれ小籐次に敵《かな》うはずもねえや」

と苦笑いした千太郎は、しばらく黙って粥を啜《すす》りこんだ。

「千太郎、島流しの沙汰で済んだところを見ると、人殺しではなさそうだのう」

「おれの詮索《せんさく》か。賭場を荒らして何人かに怪我を負わせただけのことよ。前科《まえ》があったんでよ、島送りになったのよ」

「お兼さんに会いたくて船から抜けたか」

「どうしてその名を」

と問い直した千太郎が、ふいに笑い出した。

「うわ言でお兼の名を呼んだか」

「何度もな」

「四宿《ししゆく》の飯盛女郎《めしもりじよろう》の名を呼んだなんて、赤馬の千太郎も落ちたもんだぜ」

「女郎であろうと、惚《ほ》れてしまえば観音様だ」

「酔いどれめ。変わった野郎だぜ」

と丼の粥を梅干で啜りこんだ千太郎に、

「もう一杯食べるか」

「もう十分だ」

「ならば体を休めよ」

「赤目の旦那、おれをどうする気だ」

「申したはずだ。病人を町方に突き出す気はない。三が日は安心して体の回復に努めよ」

「その先はどうなる」

「そなた次第だ」

と答えた小籐次は、

「昼から年賀に参る」

「長屋におれ一人か」

「だれも訪ねては来ぬ」

「おれを騙《だま》そうと言うんじゃあるまいな」

「今さら騙してどうなる。赤目小籐次、口にしたことは守る」

「三が日は無罪放免か」

「そんなところだ」

安心したか、千太郎はまた夜具に身を横たえた。

小籐次は火鉢で湯を沸かし、手拭を温めると顔を蒸らした。髭を剃《そ》るためだ。正月二日、年頭の挨拶に行くつもりで髭をあたった。千太郎の安心したような寝息が部屋に響き、ゆるゆると時が流れた。

四つ（午前十時）を過ぎ、小籐次は身仕度を整えた。

とはいえ、久留島家を辞する折に着ていた古羽織を、裁っ付け袴に羽織っただけの恰好だ。大小を差し、草履だけは年の内に購《あがな》っていたものを下ろした。

千太郎の様子を窺ったが、起きる気配はない。

「出て参る」

小さな声で言い残した小籐次は戸を開けた。

勝五郎の女房おきみと、どぶ板の上で顔を合わせた。

「知り合いが泊まってんだって」

「屋敷におれん事情が生じて、寝正月を決め込むそうな」

と答えた小籐次は、

「今年もよろしく頼む」

「こちらこそお願いしますよ」

と年頭の挨拶を交わして、木戸を出た。

小籐次はまず東海道に出た。

通りには、若党に中間《ちゆうげん》を連れた年始回りの武家の一行や、黒羽二重《くろはぶたえ》の紋付小袖に麻裃《あさがみしも》、白足袋《しろたび》に真新しい雪駄《せった》を履いた大店《おおだな》の主が手代や出入りの鳶《とび》の頭《かしら》を連れて、往来していた。手代の背の風呂敷には扇、半紙などが入れられていた。お年玉というわけだ。

そんな正月の光景を横目に、小籐次はすたすたと高輪大木戸を目指した。

元日に続き、穏やかな日和《ひより》が続いていた。

正月二日は初売り、東海道筋の商家でも店の前に荷を麗々しく積み上げていた。鳥追い女、大神楽《かぐら》、三河万歳《みかわまんざい》など正月を寿《ことほ》ぐ芸人たちが、忙しげに小籐次とすれ違った。

赤目小籐次は大木戸の手前で東海道を外れた。右に折れ、芝伊皿子坂《いさらござか》を上がり、芝二本榎《にほんえのき》へと進んだ。

一年前まで奉公していた豊後森藩久留島家の下屋敷が近付いた。だが、小籐次は森藩下屋敷には向わず、白金村《しろかね》にある瑞聖寺《ずいしょうじ》の山門を潜った。

瑞聖寺は、久留島家歴代の藩主が眠る菩提寺だ。

小籐次は寺の庫裏《くり》で閼伽桶《あかおけ》を借り受け、井戸で水を汲んで、久留島家の四代通《みち》政《まさ》らが眠る墓所の前に立った。元旦に家臣たちが訪れたか、清掃され、仏花が供えられていた。

　小籐次は水を替えて回った。

　羽織を脱いだ小籐次は墓前に正座すると、奉公を辞したことを改めて詫《わ》びた。

「檜巌院《ひごんいん》様、通嘉様の参勤道中をお守り下され」

　檜巌院とは通政の戒名だ。

　どれほど墓前に座していたか。

　辺りに殺気を感じた。

　小籐次は傍らに置いた剣を確かめつつ、

「追腹組」

が正月から出おったかと戦いを覚悟した。

　だが、小籐次は墓前に合掌《がっしょう》する構えを一つとして崩さなかった。その姿勢で刺
客を迎え撃つ、その心構えであった。

　殺気が墓地に満ち満ちて、今にも戦いへと転じようとした瞬間、別の気配がし
た。すると殺気の主が、
　すいっ

と身を退いた。小籐次が振り向くと、森藩下屋敷用人高堂伍平《たかどうごへい》が立っていた。

「おぬし、旧主のご恩を忘れず年始参りに来たか」

「高堂様、無断にて失礼仕《つかまつ》りました」

「そなたが下屋敷を抜けて、それがしの張り合いものうなったわ。そなた、あのように大望を秘めていたのなら、なぜ申さなかった。そなた一人が小城藩など大名四家を相手に孤軍奮闘した戦《いくさ》ぶりを知って、われら森藩の家中一同、鼻が高いわ。春先に通嘉様も江戸に出て参られる。そなたに会いたいと必ずや申されるぞ。小籐次、帰藩せぬか」

「ご用人、覆水《ふくすい》は盆には戻りませぬ。もはや赤目小籐次は、森藩にも通嘉様にも無縁の人間にございます」

高堂用人の金壺眼《かなつぼまなこ》が悲しげに潤《うる》んだ。

「そなたの戦は未だ続いておるか」

小籐次は墓前から立ち上がり、羽織を拾った。

「屋敷に立ち寄らぬか、正月くらいよかろう。そなたが好きな酒《ささ》もある」

小籐次は顔をゆっくりと振ると腰を折り、辞去の挨拶をした。

「行くか」

「いつの日か縁がございますれば」

旧主の墓前から姿を消す小籐次の背を、高堂伍平がいつまでも見送っていた。


その昼下がり、芝口橋際に堂々とした店構えを見せる久慈屋の店頭に、赤目小籐次の姿はあった。

店先には初荷が積まれ、正月の光景を見せていた。また、新調の印半纏《しるしばんてん》に揃《そろ》いの染め手拭の荷運び人足や奉公人たちが荷の積み出しを行っていた。

「赤目様、おめでとうございます」

手代の浩介《こうすけ》が、目敏く小籐次の姿を認めて年始の挨拶をした。

「ご一同様、新年明けましておめでとうござる。本年もどうかよろしくお願い申す」

小籐次も腰を折って返礼すると、大勢の奉公人たちから年賀の言葉が返ってきた。

「ささっ、大番頭さんも旦那様もお待ちです」

そう言いかけられて、小籐次は広い土間に入った。すると、帳場格子の中から久慈屋を仕切る大番頭の観右衛門が、

「昨日の夕刻にはお見えになるのではと、旦那様もお待ちになっておりましたよ」

と声を掛けてきた。

「お店の元日はのんびり致すと聞いていたで、遠慮申し上げた」

「赤目様、そのような斟酌《しんしゃく》は無用ですよ」

小籐次と観右衛門の二人は年賀の挨拶を交わし合った。

「赤目様、今年こそ、お互いに穏やかな年でありたいものですな」

「全く同感にござる」

「ですが、佐賀鍋島四家の追腹組は矛《ほこ》を収める気はございませぬか」

「こればかりは相手様次第にござる」

「佐賀本藩の鍋島斉直《なりなお》様もお困りと聞き及んでおります。これ以上、江都《こうと》を騒がすのは幕府にもはばかりあり、鍋島の威信にも傷がつきますでな」

と物知りぶりを披瀝《ひれき》した観右衛門が、

「赤目様、正月明けはなにかと忙しゅうございますかな」

「いつもどおりに生計《たつき》の研ぎ仕事に出るくらいだが、なんぞ御用がござろうか」

「いいえね。七草過ぎに、旦那様が常陸《ひたち》国西野内に今年の荷の仕入れに参られます」

「西ノ内和紙の仕入れでござるか」

「いかにもさよう。久慈川上流の西野内村は、旦那様にも私にも在所《ざいしょ》にございますよ」

江戸屈指の紙問屋久慈屋の屋号は、常陸国久慈川流域に生える良質な楮《こうぞ》を原料にして、久慈川の清流に晒《さら》され作られる久慈紙からきていた。別名西ノ内和紙は徳川光圀《みつくに》が名付け親で、光圀が指揮して完成させた『大日本史』にもこの久慈紙、西ノ内和紙が使われていた。

昌右衛門の実家は西野内村の紙問屋細貝家である、と小籐次も聞かされていた。

「旦那様は、赤目様がよろしければ在所までご同行を願えないか、と仰《おっしゃ》っておられましてな」

「大番頭どの、それがしがなんぞ役に立つのであれば、いつなりともご同道致す」

「それは重畳《ちょうじょう》、旦那様もさぞ喜ばれましょう。なあに、旅の話し相手にございますよ」

「畏《かしこ》まった」

「ならば早速、奥へ」

と久慈屋の奥座敷に通された。

紙問屋久慈屋の奥座敷には、大勢の年賀の客が集《つど》っていた。御城下がりの武家もいれば、出入りの商人、職人の親方など三十余人が年始の宴を繰り広げていた。

久慈屋は紙問屋で築いた莫大な蓄財を、財政の傾いた大名家や大身《たいしん》旗本に乞われるままに貸していた。その付き合いで留守居役や御用人の出入りが多いのだ。

「旦那様、赤目小籐次様がお見えです」

観右衛門の言葉に、その場にいた全員が小籐次を見た。

「おおっ、このお方が佐賀藩三十五万七千石を向こうに独り戦をなされる御仁《ごじん》ですか」

という声が一座から上がり、正月の祝い酒に酔った鳶の頭などは、

「えらい小さな爺様侍ですね。久慈屋の旦那、これがほんとうに四家の大名行列を襲い、御鑓先を斬り取られたお方でございますかい」

と非礼にも聞いた。

苦笑いした昌右衛門が、

「頭、赤目様の来島水軍流にかかれば、頭の素《そ》っ首など直ぐにも胴から離れます

ぞ」

　と冗談に紛らして言った。

「そうかねえ。おれにはよ、ただの爺様にしか見えないがねえ。ほんとうに強いのかねえ」

「頭、能ある鷹は爪を隠しておるものさ。この赤目小籐次様が、まさにその御仁ですぜ。肥前小城藩の能見一族十三人の猛者《もさ》を敵に回しての武蔵国小金井橋の十三人斬りを、おれも見たかったねえ」

　と言い出したのは久慈屋に出入りの御用聞き、難波橋《なにわばし》の秀次親分だ。親分も酒にいささか酔っているらしい。

「みなの衆、赤目様は浅草山の見世物ではございませぬよ。ささっ、こちらにお座り下さい」

　と観右衛門が小籐次の座を作り、

「赤目様、暮れの内から旦那様は、赤目様が来られたら是非これでご酒《しゅ》を召し上がって頂きたいと、用意されていたものがございますので」

　と言い、ちょうどそこにいた女衆のおまつに、

「おまつどん、例の物を」

と命じた。

運ばれてきたのは朱漆塗《しゅうるしぬ》りの大杯だ。

「赤目様の好物はご酒でございましてな。先の柳橋の万八楼での大酒会で、三升入りの塗杯で五杯を召し上がられた酒豪にございます」

どよめきが起こった。

観右衛門が大杯を抱えて小籐次に渡した。

「大番頭さん、それがしにこれで飲めと申されるか」

「嫌でございますか」

「いや、酒は好物。だが、無茶飲みは風情《ふぜい》がござらぬ」

「まあ、そう申されず、朱漆塗りの大杯口開けにございますよ」

「ならば、一杯だけこの大杯で頂こうか」

秀次らが四斗樽《しとだる》を抱えてきて、小籐次が捧げ持つ大杯になみなみと注いだ。

「番頭どの、その大杯には何升入るのかな」

どこかの旗本家の用人らしき武家が興味津々《しんしん》に聞いた。

「縁まで注げば五升と聞いております」

秀次たちは縁から指一本ほどの余裕を残して、止めた。

「四升はたっぷり入ったぜ」

鳶の頭が言い、小籐次を見た。

小籐次は大杯から香り立つ伏見の上酒を嗅いでいたが、口を大杯の縁に差し伸べ、漆の杯に付けた。

悠然と大杯が傾けられた。

小籐次の喉が律動的に、
ごくりごくり
と鳴った。すると、大杯の酒が大川の流れのように口に入り、喉に落ちて五臓六腑に沁み渡った。

一座の者は見事なまでの飲みっぷりに呆然として言葉もない。

瞬《また》く間に大杯が空《から》になった。

ふーうっ
と満足の息を吐いた小籐次が、

「甘露でござった」

と朱漆塗りの大杯を飲み納めた。

三

小籐次が新兵衛長屋に戻ったのは五つ半（午後九時）過ぎだった。部屋に寝ているはずの千太郎の姿が消えていた。

点されたままの行灯の灯りが千太郎の出ていったことを示して、部屋はがらんとしていた。まだ外を歩けるほどには体力は回復していなかった。三が日が明けた後、町奉行所に突き出されることを恐れたか、新兵衛長屋から逃げ出したようだ。

小籐次が奉書に包んだ道具の中から小刀がなくなり、消し炭壺に隠しておいた、まさかの場合の二両二分も盗まれていた。

ふと気付いて、小籐次は長屋の裏手の石垣に舫った小舟を確かめにいった。

「しまった。迂闊《うかつ》であった」

正月ということもあり、つい憐憫《れんびん》を掛け過ぎた。それが仇《あだ》になった。

長屋に戻った小籐次は、水甕の水を柄杓《ひしやく》で汲んで三杯ほど飲んだ。口の端に垂れる水を拳で拭い、上がり框に置かれてあった竹とんぼを一つ手に取り、菅笠の縁に差した。

菅笠に差し込んだ竹とんぼは研ぎ仕事を宣伝するための引き物で、小籐次が手作りしたものだ。

再び長屋を出た小籐次が訪ねた先は、難波橋際に一家を構える秀次親分の家だ。親分の家を訪ねるのは初めてだが、幸いなことに格子戸の向こうに灯りが点る家があって、子分の銀太郎が玄関先に立っているのが見えた。

御用聞きは、女房に湯屋や蕎麦屋《そば》なんぞを商わせている者が多かった。町奉行所の同心から鑑札をもらい、お役に就く御用聞きの報酬は驚くほど安かった。年に一両ももらえる御用聞きは少なく、子分の給金どころか、探索費も出ない有様《ありさま》だ。

だが、町屋と大名家上屋敷に挟まれた一角に一家を構える秀次には、大名屋敷や久慈屋のような大店から年いくらと手当てが出ていることを想像させて、女房に商いをさせることなく捕り物に専念していた。

屋敷も大店も御用聞きと入魂《じっこん》の付き合いをすることで、公になる騒ぎを町奉行所にも、幕府の大目付、目付にも知られることなく、内々に始末することができた。

町奉行所としても湯屋の鑑札を与え、あるいは屋敷から手当てをもらうことを目こぼしすることで、御用聞きに十分な報酬を払わないで済む利があった。

秀次は出入りの屋敷も商家も大所が多いと見えて、家の構えも普請《ふしん》もしっかりとした二階家である。

親分の秀次も小籐次と相前後して久慈屋を辞去していた。銀太郎は親分を迎えたか、戸締りに出てきた感じだ。

「親分は戻られたか」

と声をかけた小籐次に振り向いた銀太郎が、

「赤目様」

と名を呼んで、

「なんぞ御用のようですね」

と、通りに面した外格子戸を引き開け、小籐次を敷地に入れた。狭いながら手入れの行き届いた庭もあった。

「親分はまだ起きておられるか」

「久慈屋さんから戻ったばかりだ。居間に落ち着きなさったところだ」

「わしも最前まで一緒であった」

という小籐次の言葉に銀太郎が頷き、内玄関の土間へと招じ入れた。

「ささっ、お上がり下せえ」

と小籐次に誘いかけた銀太郎は、

「親分、赤目様がお出《い》でだぜ」

と奥に大声を上げた。

居間は八畳ほどで、大きな神棚と仏壇が壁の一角に切り込んであり、それを背にして長火鉢の前に秀次がどっかと座り、その傍らでは女房のおみねが小籐次を迎える体《てい》で立ち上がろうとしていた。

おみねの頭は正月らしく丸髷《まるまげ》に結い上げられて、それが初々《ういうい》しかった。

「赤目様、なんぞございましたかえ」

秀次が訝《いぶか》しそうな顔付きで小籐次を見上げた。

「親分、そなたの知恵を借りねばならぬことが出来《しゅったい》した」

「まあ、お座りなせえ」

おみねが居間の隅に積んであった座布団を運んできて、小籐次のために長火鉢の近くにおいた。

「おかみさん、夜分に申し訳ないことにござる」

「うちは夜中も正月もない商売にございますよ」

といういおみねに頷き返した小籐次は、秀次と対面するように座布団の上に座した。そして、
ふーうっ
と溜息を吐いた。

「先ほどとえらい違いですね。久慈屋さんからの戻り道に、酔いどれ小籐次様を困らせる騒ぎが出来しましたかえ」

「迂闊過ぎた」

と前置きした小籐次は、元日の朝に海で漂流していた赤馬の千太郎を拾い上げた経緯《いきさつ》から新兵衛長屋に連れ戻り、三が日、長屋で休ませようとしたことなどを告げた。

秀次の顔付きが険しくなった。

「赤目様、流人になるほどの男を甘く見すぎましたな」

「昨日の今日だ。長屋を出るほどの気力も体力も未だ蘇《よみがえ》っておるまいと考えておった。浅はかにも読み違えた」

小籐次は悄然《しょうぜん》と答えた。

「相手は必死でさあ。赤目小籐次様が一緒のときには絶対に逃げることは叶わない。ならば留守の間にと考えたんだねえ。盗まれたものは小刀、金子《きんす》に舟ですかえ」

「いかにも」

「わっしには赤馬の千太郎って野郎に覚えがございません。ということは、大した玉じゃねえということだ。新島に島送りになったというのも半端者の悪《わる》の証拠だ。お兼という女郎恋しさに、流人船から必死で海に飛び込んだのでございましょうね」

秀次は、島送りでも重罪犯ならば鳥も通わぬ八丈島か御蔵《みくら》島へと流されるものだと小籐次に告げた。

「島送りの手配が江戸に届くのはまず正月明けだ。それまでに千太郎をとっ捕まえることが肝心だな。千太郎はお兼を四宿の飯盛と言ったんですね」

「わしの問いにうっかりと返答した感じであった。嘘ではあるまいと思う」

「赤目様の商売道具の小舟を盗んでいったところが味噌だ。内藤新宿は外していい。甲州道中の第一の宿で舟ではかえって面倒だ。あとの三つの宿は舟で行けねえことはない」

「親分、わしが千太郎の身を拾い上げたのは品川に近い高輪の沖であった。もし品川宿にお兼がいるのなら、その様子を見せたと思うが、それはなかった」

「そうですねえ。品川宿なら小舟より足が早い。となると、大川を上がってまず千住宿か、さらに戸田の渡し場まで漕ぎ上がって板橋宿か、どちらかだな」

秀次はしばし腕組みして考えた末に、

「赤目様、銀太郎をつけます。これから千住宿に飛ぶ元気はありなさるか」

「偏《ひとえ》にそれがしの失態から生じたことだ。なんでもやる」

「わっしは奉行所で、赤馬の千太郎がなにをやって島流しになったか、明朝一番で調べ上げます。千太郎がお兼に会って足抜きでもさせるとなれば、新たな厄介が生じます。そいつだけはなんとか防ぎませんとな」

小籐次に累《るい》が及ぶとは秀次は言わなかったが、そんな様子が険しい顔にあった。

話を聞いていた銀太郎が手早く仕度《したく》をした。

「銀太郎、相すまぬ」

「赤目様には矢板の武造の一件で世話になりましたよ。今度はわっしが働く番だ」

と銀太郎が笑った。

野州無宿の矢板の武造は、強盗《おしこみ》と殺しで八州廻りが追跡する悪党だった。

その手配が江戸に回り、銀太郎らが偶然にも芝口橋で見かけて取り押さえようとしたことがあった。だが、武造は通りがかりの娘を盾に久慈屋の店先に入り込み、小刀を娘の首筋に押し付けながら裏手から逃亡しようとしたのだ。

銀太郎らも娘に危害が加えられてはと、手が出せない。

そのとき、小籐次は久慈屋の店先で刃物研ぎをしていた。引き物の竹とんぼを飛ばして武造の注意を一瞬逸《そ》らした小籐次は、娘を助け出すと同時に武造を取り押さえたことがあった。

銀太郎が言ったのはそのことだ。

「赤目様、餅は餅屋だ。千住宿も板橋宿もわっしらの仲間が御用を務めてまさあ。お兼がいるのなら千太郎の野郎もすぐにも見つけ出しますよ」

秀次の言葉に頷き返した小籐次は立ち上がった。

二人は正月二日の夜の芝口橋から、まず日本橋へと向って歩き出した。

夜が深まり、寒気が募ってきた。

日本橋を渡ると、室町から本町、大伝馬町《おおでんまちょう》、通旅籠町《とおりはたごちょう》、通油町、通塩町、横山町と抜けて、浅草御門から神田川を渡り、御蔵前通りをひたすら北へと向った。

「寒い寒いと思っていたら、白いもんがちらついてきやがったぜ」

銀太郎が首を竦《すく》めた。

小籐次の菅笠の竹とんぼが風に揺れた。

「わしにはちょうどよい寒さじゃ」

「久慈屋さんで見事な飲みっぷりを披露なされたそうで」

「大酒は芸でもなければ技でもない。下卑《げび》た欲よ」

「その小さな体のどこへ四升、五升の酒が入るのかねえ」

銀太郎がちらりと小籐次を振り返った。

風が出て、雪が二人の正面から吹き付けてくるようになった。二人は黙々と足を運んだ。

山谷《さんや》堀にぶつかり、土手八丁に折れた。風が山谷堀から吹き上げてきて、二人の胸を雪で染めた。

四つ（午後十時）の刻限はとっくに過ぎていた。

東国の傾城《けいせい》町は雪の中に煌々《こうこう》とした灯りを点していた。

正月二日、吉原は初買と称して客を迎えた。

「正月二日鳳凰《ほうおう》が舞ひはじめ」

「二日からもう書初《かきぞめ》も八文字」

と『川柳吉原志』はそのことを伝える。

だが、二人は吉原の万灯を横目に見て、吉原の遊女が死んだ折に投げ込まれる浄閑寺《じょうかんじ》の山門のある三《み》ノ輪《わ》の辻に出た。

銀太郎は辻を右に、北へと取った。

「日光道中と水戸・佐倉道の初宿、千住宿は南組小塚原《こつかつぱら》、中村町から中宿の掃部《かもん》宿、千住北組と千住大橋を跨《また》いで八か町に広がってましてねえ。飯盛旅籠は昔からの千住宿に多うございます。川向こうだ」

二人は長さ六十六間（約一二〇メートル）の千住大橋に差し掛かった。

雪混じりの烈風がいよいよ二人の正面から吹き付けてきたが、足が緩むことはなかった。

河原町、掃部宿を越えて、銀太郎の足が止まった。

「千住の源五郎親分の本業は石屋でねえ、石源の親分と呼ばれてますのさ。普段は鑿《のみ》が持ち物だ」

銀太郎が説明し、通りを東へ折れた。しばらく暗がりを歩くと、金蔵寺《こんぞうじ》の山門前に出た。すると、そこに墓石や灯籠《とうろう》が並ぶ藁《わら》葺《ぶ》き屋根の大家があった。

看板に石源とあった。

夜半に近い刻限だ。当然のことながら眠りに就いていた。だが、銀太郎は締め切られた板戸をどんどんと叩いた。

商売柄、直ぐに人の起きる気配がして、

「だれだえ、御用か」

という声が中からした。

「すまねえ、江戸は難波橋の秀次の手先銀太郎だ。正月早々すまねえが、石源の親分の手が借りてえ」

「待ちねえな」

通用口が開けられ、眠そうな顔が突き出されて、

「なんでえ、寒い寒いと思っていたら雪かえ」

と首を竦め、

「銀太郎兄い、入りねえな」

と手先が首を引っ込めた。

二人は軒下で菅笠を脱ぎ、体の雪を払い落として中へ入った。有明行灯に薄ぼんやりと照らされていた土間に行灯の灯りが新たに入り、土間に一人、上がり框

に男衆《おとこし》が二人立っていた。

「夜分すまねえ。ちょいと急ぎの御用でな」

奥からどてらを着た初老の男が姿を見せた。

銀太郎が腰を折り、

「石源の親分、三が日早々、野暮用《やぼよう》を持ち込んですまねえ」

「なあに、おれたちの御用は盆も暮れもなしだ。なんだねえ、殺しか強盗《たたき》か」

「流人船から逃げた野郎がいやがるんで」

「そいつが千住に潜り込んだか」

「いやさ、親分、事情が込み入っていらあ。まず、わっしが同道したお武家だが、赤目小籐次様だ」

銀太郎の言葉に、石源親分や手先たちが小籐次を見直して、

「赤目様とは酔いどれ小籐次様かえ」

と念を押した。銀太郎が頷くと、

「正月早々、どえらいお方が飛び込んでこられたぜ」

「親分、この赤目様が流人を海で拾ったんだ」

と事情をざっと話した。

話を聞く石源の親分の顔色が変わった。

「赤馬の千太郎が流人船から逃げやがったか」

「千太郎を承知かえ、親分」

「承知もなにも、おれが千太郎をしょっ引いたんだ」

「こいつは幸先《さいさき》がいいぜ。親分、お兼という名の飯盛女郎は知るめえな」

「お兼は飯盛女郎じゃねえや。千住宿の飯盛宿佐倉屋の女主よ」

「千太郎と曰《いわ》くがありそうかえ」

「あるとも」

と言った石源親分は、手先たちに仕度をしろと命じると、自分は上がり框に腰を下ろした。

「佐倉屋は千住宿でも古手の飯盛旅籠でな、女も粒が揃っている。一年ちょいと前まで佐倉屋の稼ぎ頭がお兼よ。出は近くの梅田村だ。年は二十二歳ながら白い肌と整った顔立ちでな、それに床上手《とこじょうず》だそうな。このお兼に惚れた男が二人いた。佐倉屋の旦那の六平太と、千住宿でごろつき稼業で飯を食ってきた赤馬の千太郎よ。お兼は海千山千の男二人を操り、まず抱え女郎から女主にのし上がった」

「佐倉屋六平太には、かかあはいなかったので」

銀太郎が聞いた。

「それよ。一年半ほど前、佐倉屋の先妻おちづが墓参りに行って、墓の前で何者かに襲われ、背中から心の臓を一突き、刺し殺された。むろん、おれたちもお兼の色香に惑わされた六平太がだれかを雇って殺したか、お兼の差し金かと考えたさ。だが、六平太もお兼も知らぬ存ぜぬと白を切りとおした。いやさ、その頃まで、お兼の間夫《まぶ》が千太郎とはあまり知られてなかったんだ。そうこうするうちに、お兼が佐倉屋の後添《のちぞ》いに納まり、抱えから女将になりやがった」

石源の手先たちが出張《でば》りの仕度をして姿を見せた。

「六平太はお兼にべた惚れに惚れたか、夜毎夜毎《よごと》、お兼と閨《ねや》をともにしてさ、今から四カ月前にお兼の腹の上で死にやがった。六平太は若いお兼の相手をするのに気を高ぶらせる媚薬を使っていたそうだ。このときも、媚薬を普段より何倍も多く取らされた上に殺されたんじゃないかと疑ったが、閨の中のことだ。どうにも証《あか》しがねえや」

「佐倉屋は、これでお兼のものになりましたかえ」

「なったねえ。赤馬の千太郎が佐倉屋に大っぴらに出入りし始めたと聞いて、おれっちも、お兼と千太郎が佐倉屋を乗っ取るために仕組んだ企てかと気付かされた。そんな頃合だ、掃部宿の源長寺の離れ屋で賭場が開帳されるという垂れ込みがうちに投げ込まれたのさ」

　大きく頷いた銀太郎が、

「賭場に千太郎がおりましたかね」

　と訊いた。

「胴元は三ノ輪の文造って野郎でな。おれたちが乗り込んだとき、千太郎のいかさま博奕《ばくち》がばれたとか、大立ち回りの最中よ。文造一家も千太郎も召し取り、千太郎は島送りの沙汰を受けることになったのさ」

　とおよそのことを説明した石源が、

「銀太郎兄いよ。どうも近頃になってさ、佐倉屋の一件は腑に落ちねえことばかりと気付かされたのさ。一年半ほど前まで、お兼は佐倉屋の飯盛女だった。それがとんとん拍子に佐倉屋の後添いになり、年の離れた亭主はぽっくりと死に、間夫の赤馬の千太郎も博奕場で捕まって島送りになった。残ったのはお兼一人だ」

「お兼の高笑いが響いてきそうだ」

「近頃な、佐倉屋にお兼の許婚《いいなずけ》だった梅田村の百姓留次って若造が出入りしているそうだぜ」

「赤馬は、お兼の遠大な企みに気付いたのでございましょうかねえ、親分」

「あるいは、お兼の肌身が恋しくて流人船から海に飛び込んだか。佐倉屋に行けば分ろうじゃないか」

石源の親分は自ら出張るつもりか、肩のどてらを脱ぎ捨てて立ち上がった。

四

佐倉屋は日光道中に面した西側にあって、間口七間ほど、奥行きが深そうな構えだった。

正月三日がもうすぐ訪れようとする刻限だ。当然のことながら、旅籠は静まり返って眠りに就いていた。

赤目小籐次は、石源の親分や銀太郎らが裏手に様子を窺いに忍んでいくのを表通りの反対側、旅籠の軒下から見ていた。

どう見ても、佐倉屋に差し迫った異変は感じられなかった。

赤馬の千太郎はお兼の許へ戻っていないのか。いや、あれほどうわ言でお兼の名を呼び続けた千太郎だ。必ずお兼と会うために千住宿佐倉屋に姿を見せると、小籐次は考え直した。

　銀太郎が独り、表に戻ってきた。

　小籐次の下へ来た銀太郎が首を傾《かし》げ、言った。

「えらく静かなんでございますよ。どう見ても、千太郎が来ている様子はございません。石源の親分も千太郎が姿を見せて、この静けさはおかしいと仰るんで。千太郎って野郎、根が粗暴でしてね。お兼に男がいると知ったら、ひと騒ぎ起こしているはずだと言いなさるのさ」

「へえっ」

「わしも、まだ千太郎が佐倉屋に乗り込んだとは思えない。だが、必ず来る」

「じっくりと網を張るか」

「石源の親分も同じ考えでさあ」

「三が日の夜中の宿場町を騒がすこともないからな」

「へえっ。手配りを親分に願いましょう」

　と応じた銀太郎に、

「銀太郎、お兼の在所はこの近くのようだな」

「親分は梅田村と言いなさったな。気になりますかえ」

「千太郎って男、それなりに悪知恵が働くと見た。流罪の沙汰を受けた千住宿に戻ったと知れれば石源の親分もおられる、宿場では顔も知られておろう。千太郎は、お兼を千住宿佐倉屋からどこぞへ引き離す策をとるのではないか」

「そいつは大いにありそうだ。二手に分れるか、石源の親分に相談してきまさあ」

銀太郎は、足音を忍ばせて通りを走り戻っていった。

小籐次は、人通りが絶えた宿場にちらちらと降る雪を眺めていた。雪はすでにうっすらと通りに積もっていた。風が幾分弱まっているのが救いだった。

銀太郎と石源の手先の一人が通りに出てきた。最初に二人を迎えてくれた若い衆だ。

小籐次も軒下の薄暗がりから出た。

「親分も、梅田村のお兼と留次の家の様子を窺ったほうが賢明と言ってなさる。こちらの東作兄いが案内に立ってくれるそうだ」

と、改めて東作を紹介するように小籐次に引き合わせた。

「梅田村に行く前にしたきことがある」

「なんでございますな」

と東作が小籐次を見た。

「千太郎が大川から荒川を小舟で遡《さかのぼ》ってくるとしたら、小舟をどこへ捨てようか」

「赤目様、この先の千住一丁目の問屋場の河岸まで舟で来られますぜ。梅田村に行く前に問屋場の堀を覗《のぞ》いてみますか」

小籐次が頷き、東作が案内に立った。

雪明かりで提灯《ちょうちん》は要らなかった。

三人は雪の上に足跡を残しながら、少しばかり千住大橋のほうに戻った。

街道と交差《こうさ》するように堀があった。その橋向こうには一里塚が、道を挟んで反対側には高札があった。橋手前の西側の河岸が、間口七間奥行十七間の問屋場だ。

その界隈には回船問屋、伝馬宿などが並んでいた。

「赤目様、佐倉屋に一番近いのが熊谷堤《くまがやつつみ》でしてねえ。この堤から舟で江戸の芝口まで行けと言われれば、掃部宿と千住の入会地に東西に掘り抜かれた堀を使い、牛田堀に出て、荒川が大きく北から西へと方向を転じる関屋ノ里辺りに出られます」

と言った東作は、熊谷堤の東側へと小籐次と銀太郎を案内した。

三人は足首まで潜るようになった堤の雪を踏み締め、数町ほど千太郎が乗り逃げした小舟を探した。だが、小舟はなかった。

「戻りましょうか」

三人は再び問屋場の河岸に戻り、今度は西側を捜索して歩いた。だが、舟は見付からなかった。

「舟を処分致したかのう」

小籐次は、久慈屋から借り受けている小舟を盗まれたことを悔いて呟いた。その言葉を聞かない振りをした東作が、

「赤目様、親分からの言付《ことづ》けだ。千太郎は、仲間とつるむより大力を頼りに一人で悪さを繰り返してきた野郎でさあ。ところが、大仕事の場合には、川向こうの小塚原に住む、浪々の剣客治田和兵衛に手助けしてもらうことがある。この治田がなんとか一刀流の遣い手だそうで、いつも治田の周りには無宿者が群れているんで、こいつらの力を借りることも考えられると言ってなさったぜ。もっとも、赤目小籐次様には余計なことかも知れませんがねえ」

「言付けかたじけない」

「梅田村のお兼の家に行きましょうかえ」

慈眼寺《じげんじ》の辻を曲がった東作は雪の田圃《たんぼ》を北へと進んだ。吹きっ晒しの田圃道だ。菅笠を被った三人はたちまち雪塗《まみ》れになった。

黙々と、ひたすら黙々と一列になって進んだ。

四半刻《しはんとき》（約三十分）も歩いたか、東作が、

「梅田村の明王院の竹藪《たけやぶ》でさあ。あの赤不動に接して、お兼とその裏に留次の家があります」

と指差した。

竹が雪の重みにたわみ、竹叢《むら》の先に朱塗りの堂が見えた。

「お兼の家から、まず様子を窺おうか」

「へえっ」

と答えた東作は、

「お兼の家は、それなりの田畑を持った百姓でしたがねえ、お兼の親父が酒の飲み過ぎで倒れたのがけちのつき始めだ。ついには、お兼が佐倉屋の飯盛に売られたのさ。留次とは所帯を持つ約束ができていたそうだ」

「東作兄い。千太郎が流人船から逃げ出すほどの女かえ、お兼は」

と銀太郎が聞いた。

「千住界隈じゃあ、ちょいと知られた小町娘だったぜ。吉原の大籬《おおまがき》に出てもおかしくねえ器量よしだ」

「それがまたなんで、千住の飯盛女郎に身を落としたな」

「お兼の家では佐倉屋の死んだ主、お兼と一緒になった六平太に二十両の金子を借り受けて証文を入れていたそうだ。万が一、元金利息を支払えねえときは、お兼の身を差し出すとね」

「話を聞くと、お兼も切ないねえ。所帯を持つと誓った留次のそばで、飯盛を務めなきゃならねえんだ」

「だが、そいつを逆手に佐倉屋の女将になりあがったぜ」

先頭を行く東作が道にたわんだ竹の下を潜り、赤不動の前を抜けて、横手に曲がった。

小籐次は、夜半にも拘《かか》わらず生垣の向こうの百姓家に人の気配を感じた。東作も察したらしく足を止めた。

「どうやら、赤目様の勘がずばり当たったねえ」

三人は壊れかけた長屋門の下で雪を払い、打ち込む仕度をした。

小籐次は菅笠の顎紐《あごひも》を解き、頬被りした手拭をとると、雪に濡れた顔と手足を拭って懐に仕舞い、改めて菅笠を被った。

雪明かりに、長屋門の傍らに年季の入った心張り棒が転がっているのが見えた。長さは三尺ほどか。

手にしてみると、しっくり掌《て》に馴染《なじ》んだ。

銀太郎も東作も十手を握り締めていた。

「参ろうか」

雪の庭を横切り、お兼の家に近付いた。

三人は表から裏へと回り込んだ。灯りの漏れる腰高障子の引戸の中から男の声がした。

「千太郎の言うことなんぞ信用していいのかえ、権造《ごんぞう》兄い」

「赤馬は信用ならねえが、治田の旦那がぴったりと付いてなさる。野郎が佐倉屋の有り金さらったら、今度はこっちが頂く算段よ」

「佐倉屋の内所はいいのかえ」

「なんたってお兼が遣《や》り手だ。この一年、昔の朋輩《ほうばい》の尻を叩いて、あくどく稼いできたんだ。六平太が溜め込んでいた金子と合わせ、三、四百両は下るまいと、治田の旦那は睨《にら》んでなさる」

小籐次が東作と銀太郎を見た。

「やはり、千太郎は千住宿に来ておりましたぜ」

「東作兄い、ここにはいそうにねえぜ」

どうしたものかと小籐次が思案したとき、再び中から声がした。

「甲吉。旦那と赤馬が留守の間よ、お兼の妹たちの味見をしねえか」

「悪くねえ考えだぜ、権造兄い」

小籐次は立ち上がった。

銀太郎と東作も行動を起こした。

染みだらけの腰高障子を引き開けると、台所の土間の向こうの板の間に行灯が点り、囲炉裏端《いろりばた》に二人の男が差し向いに座って、もう一人が夜具を被って寝ていた。

冷たい雪混じりの風が吹き込んで、行灯の灯心を揺らした。

立ち上がろうとした二人の男が懐に手を突っ込み、その一人が、

「だれでえ、てめえっちは！」

と怒鳴った。

「赤馬の千太郎を探しているものじゃ」

「町方《まちかた》か」

という喚《わめ》き声に、夜具を被って寝ていた仲間が長脇差をひっ摑んで起き上がった。綿入れの裾を乱した間から赤褌《あかふん》が垂れて見えた。六尺豊かな巨漢だ。

「千太郎の野郎。流人船から逃げ出したはいいが、千住宿まで町方を連れてきやがったぜ、権の字」

と巨漢が髭面《づら》の仲間に言いかけた。

「治田和兵衛のところに独活《うど》の大木が居候していると聞いたが、おまえんか」

土地の御用聞きの手先の東作が巨漢に言った。

「抜かせ！」

権造と甲吉が匕首《あいくち》を抜くと、柄《つか》を握った拳に唾《つば》を吐きかけた。

巨漢が悠然と長脇差を抜いた。刃渡り三尺はありそうな代物《しろもの》だ。

「銀太郎、東作。この場は任せよ」

小籐次がすいっと土間の中央に進むと、権造が、

「えらくちいせえ爺が出てきやがったぜ」

とせせら笑い、

「常陸灘《ひたちなだ》、おめえの力を借りるまでもねえよ」

と言うと、板の間から土間に飛び降りてきた。
匕首が腰にぴたりと付けられ、体ごと小籐次にぶつかってきた。
小籐次の片手に持たれていた心張り棒が躍った。
匕首ごとぶつかってきた権造の鳩尾《みぞおち》に電光石火の閃《ひらめ》きで棒の先端が突っ込まれ、
ぐうっ
と呻き声を発し、立ち竦んだ権造が崩れ落ちた。
甲吉と常陸灘と呼ばれた巨漢が、同時に上がり框から土間に飛び降りた。
小籐次が動いたのはその瞬間だ。
常陸灘の大きな内懐に入り込み、片手斬りに振り上げた長脇差の柄の手に心張り棒を叩き付けた。
ぐしゃっ
と骨が砕ける音がして、巨漢は手から長脇差を落とし、土間に膝《ひざ》を突いた。だが、余りの激痛に砕かれた手を抱えて転がり回った。
小籐次の棒が片手を抱え込む鳩尾に突っ込まれ、巨漢は、
うっ
と言うと気を失い、痛みから解放された。

甲吉一人が匕首を手に土間に竦んでいた。

「甲吉、千太郎と治田和兵衛はどこへ参った」

「言えるかえ！」

「そなたの拳を砕こうか」

小籐次が棒を振り上げた。

「あわあわあわっ」

と叫んだ甲吉が、匕首を無闇に振り回しながら後ずさりした。

その背を銀太郎の十手の先が突いた。

後ろを振り向いた甲吉に銀太郎が、

「おめえの相手は江戸で名高い酔いどれ小籐次様だぜ。肥前小城藩の元家臣を相手に小金井橋で十三人斬りをやってのけたお方だ。おめえの素っ首斬り落とすくらいなんでもねえんだよ」

と啖呵《たんか》を飛ばすと、

「酔いどれ小籐次だと、糞《くそ》っ！」

と叫んで匕首を投げ出し、

「千太郎と治田の旦那はよ、留次を引っ立てて佐倉屋に乗り込んでいなさるんだよ」

　と言った。

「行き違いか！」

　東作が叫び、

「二人にこの場の始末、頼んでよいか。それがし即刻、佐倉屋に走り戻る」

「赤目様、わっしらもこやつらを縛り上げたら直ぐに後を追いますぜ」

　と銀太郎の返答を聞いて、心張り棒を投げ出した小籐次は再び雪の表に飛び出した。


　降りしきる雪の中を千住宿佐倉屋に走り戻ってみると、先ほどは閉められていた表戸が蹴り破られ、雪の通りに戸が何枚も転がっていた。

　だが、佐倉屋は森閑《しんかん》とした静寂に包まれていた。

　小籐次は、佐倉屋の静けさの中に緊迫した対決があるのを感じながら、雪道を走ってきた息を整えた。

「留次さん！」

　女の悲鳴が突然、宿場に響いた。

お兼の声だろうか。

小籐次は菅笠に差した竹とんぼを抜いて手にすると、開け放たれた敷居を跨いだ。すると、旅籠の土間の端に赤馬の千太郎が立ち、その足元には若い男が胸を深々と抉《えぐ》られて倒れていた。虫の息ということが、弱々しい呼吸と夥《おびただ》しい血溜りから察せられた。

お兼が留次に縋りつこうとして、千太郎に蹴り倒された。

もう一方の端では、石源の親分と手先二人が剣客と対峙《たいじ》していた。だが、石源の親分も、治田和兵衛の抜き放った剣に制せられて身動きがつかないでいた。

「千太郎。恩を仇で返すとは、そのほうのことだな」

小籐次の静かな言葉に千太郎が振り向き、

「酔いどれ小籐次か。嫌なときに現れやがったぜ」

とじろりと振り向いた。

その手には留次を抉り、血に濡れた匕首が構えられていた。

「お兼に騙されたと逆上致したか」

「おれの赦免《しゃめん》をいつまでも待つと抜かしたのは嘘っぱちだった。お兼め、幼馴染みの留次と一緒になるために、佐倉屋の夫婦殺しを手引きさせやがった。その上で、おれを御用聞きの石源に垂れ込んだというじゃねえか、大した女《あま》だぜ」

「今さら留次、お兼を殺してどうなるものか」

「死にもの狂いで真冬の海を渡ってきたらこれだ。千住界隈じゃあ、赤馬の千太郎は力ばかりで能なしだと笑われているそうじゃねえか。こうなったら、お兼も刺し殺して、おれも死ぬぜ」

絶望と狂気に憑《つ》かれた表情の千太郎が言い放ち、匕首を翳《かざ》してお兼へ突っ込もうとした鼻先へ小籐次が動いた。

手にした竹とんぼに捻《ひね》りが加えられ、突進しようとした千太郎の鼻先を飛んで動きを封じた。

その間に、小籐次がお兼と千太郎の間に割り込んだ。

「治田先生よ、酔いどれ小籐次を始末してくんな」

「疫病神《やくびょうがみ》の赤馬の千太郎にのっかったとは、おれも間抜けであったわ」

石源たちを制していた剣先が、ぐるりと小籐次に回ってきた。

背丈は五尺七寸余か。がっちりと腰の据わった物腰は治田和兵衛のなかなかの腕前を想像させた。

年は三十四、五、剣客として一番精力に溢《あふ》れた年齢だった。

「石源の親分、相手を代わろうか」

「赤目様、助かった。わっしらは赤馬をふん縛りますぜ」

対決する相手が代わった。

小籐次は治田に対峙すると、次直二尺一寸三分を抜き放ち、脇構えにおいた。

治田和兵衛の剣が正眼に構えられ、眉間の前にゆっくりと垂直に立てられた。

間合いは一間を切っていた。

互いに一撃必殺で勝負が決まることを承知していた。

「ただ今、江戸を騒がす赤目小籐次の腕前、どれほどのものか試してつかわす」

「そなたの流儀を聞いておこうか」

「一円流」

「牧野円泰様の起こされた素面《すめん》流か」

一円流は、素面流とも新神陰《しんかげ》一円流とも称された。

小籐次が承知のことはそれだけだ。

「酔いどれは、来島水軍流とかいう田舎剣法を使うそうな」

「いかにも」

会話が途絶え、戦機が熟した。

治田が摺《す》り足で、
すいっ
と前進し、間合いに入った。
流れる水のように自然な動きだ。
小籐次は、流れる水に対して不動の姿勢で待った。
生死の間仕切り深くに入り込んだ治田和兵衛が、垂直に立てた剣を気配もなく落とした。
その下には小籐次の矮軀《わいく》があった。
ふいに小籐次の体が深く沈み込み、その姿勢から脇構えの剣が一条の光になって斜めに振り上げられた。
あっ
と思わず石源の親分が声を上げた。
振り下ろされる治田の剣を搔《か》い潜った小籐次の次直が、
ぱあっ
と喉首を搔き斬って、血飛沫《ちしぶき》を飛ばした。
「来島水軍流　漣《さざなみ》　喉斬りに候」

小籐次の口からこの言葉が洩《も》れた。その場に立ち竦み、大きく揺れていた治田の体が、
どさり
と倒れ込み、一瞬それに気をとられた赤馬の千太郎の体に、石源の親分と手先たちが飛びかかり、土間に押し倒した。
数瞬後、哀しくも激しい、
「お兼、てめえも一緒に地獄に連れて行くぜ。三途の川で思いを晴らしてやる！」
という千太郎の悲痛な声が佐倉屋の玄関先に響いた。
すでに正月三日の朝が明けようとしていた。

第二章　ほろ酔い初仕事

一

　正月三日の陽光が牛田堀の両岸の田圃を照らしつけていた。どこも真っ白で、菅笠の下の疲れた小籐次の顔を射た。すでに雪は止んで、二寸ほど降り積もっていた。

　小籐次は小舟の櫓をゆったりと片手で漕ぎながら、大徳利の首をもう一方の手で摑み、渇いた喉を潤した。

　舳先に座った銀太郎が、

「やっぱり酔いどれ小籐次には酒が似合いますぜ」

と笑いかけた。

銀太郎の全身をも眩《まぶ》しく雪の反射が照らしていた。

「下戸《げこ》とは勿体《もったい》ないな」

小籐次が笑いもせずに言った。

「酒を飲むと気分が悪くなるんでさあ。そんなもののどこがいいんだか」

「下戸に陶然とした酔いの味を語っても致し方ないのう」

成し遂げた御用が二人の口を軽くしていた。

銀太郎と東作の二人は、小籐次と治田和兵衛の対決が終わった直後、佐倉屋に飛び込んできた。

お兼恋しさに流人船から逃げた赤馬の千太郎は石源の親分らの手で捕縛され、佐倉屋のお兼もまたお縄を掛けられて、佐倉屋夫婦殺しの咎《とが》で調べ直されることになった。

これら一連の事件の始末を、小籐次と銀太郎は石源こと、源五郎親分の手に委《ゆだ》ねることにした。

なにより最初に千太郎を捕縛して、町奉行所送りにしたのは石源親分だ。此度《こたび》も千住に町奉行所定廻《じょうまわ》り同心を迎えて調べるのが理に適《かな》っていると判断し、委ねたのだ。

「銀太郎、難波橋の手柄を独り占めしたようで悪いな」

石源の親分は、正月の最中の初手柄に嬉しさと困惑を綯《な》い交ぜにして言ったものだ。

「石源の親分、わっしらは赤目様の盗まれた品が戻ればいいことだ」

銀太郎はあっさりと答え、

「赤目様、小舟は悪水堀の八幡社の前に繋《つな》いであるそうでございます。甲吉が喋《しゃべ》ったんで」

「それさえ戻れば言うことなし」

赤馬の千太郎とお兼らを千住宿の番屋に連れ込むまで小籐次と銀太郎は石源の親分一行に同道し、その足で熊谷堤を西へと遡り、慈眼寺の先で交差する悪水堀の土手道に曲がった。

小籐次が久慈屋から借り受けている小舟は、八幡社の前に突き出された板一枚の船着場に舫われて雪を被っていた。

その船底には、千太郎が新兵衛長屋から盗んでいった小刀が放置されていた。竹を割ったり、砥石の凹凸《おうとつ》を直すのに使う仕事用の小刀が人を殺す得物として使われなかったことに、小籐次は安堵した。

これで千太郎が盗んだ三つのうち、二つが小籐次の手元に戻った。二両二分ほどの金子は、おそらく千太郎が飲み食いに使ってしまったのであろう。

小籐次は、ともあれ小舟と小刀が戻ったことで満足していた。

銀太郎と二人で小舟に積もった雪を堀に払い落として、芝へ戻る仕度をした。

悪水堀から熊谷堤に入り、千住宿の問屋場前に差し掛かると、東作が大徳利と茶碗を抱えて、待ち受けていた。

「赤目様、銀太郎兄い、酒を飲み飲み、芝に帰りねえ。親分の差し入れだ」

「なによりのものだぜ」

と、銀太郎は大徳利と茶碗をもらいうけ、

「世話になったな、東作兄い」

「こっちこそ千太郎を御用にできたぜ。お兼のお調べは、あとで難波橋に知らせるぜ」

と見送ってくれた。

銀太郎が大徳利を小籐次の足元に立てると、

「東作兄い、気を利かせて甘いものでも添えてくれるとよかったがねえ。おれは下戸なんだよ」

と苦笑いした。

小舟の前方に荒川の流れが見えた。

「赤目様、えれえ正月になったな」

「女は怖いな」

「赤目様もそう思われますかえ。お兼と千太郎、どっちが悪の度合いがひどいといえば、なんたってお兼だよな。千太郎をさんざ色香で惑わし、佐倉屋の夫婦を殺す手伝いをさせ、佐倉屋はお兼のものになった。さてこれからはお兼の情夫《いろ》の身分でさ、左団扇《ひだりうちわ》で過ごせると千太郎は思ったろうさ。ところが、そのお兼に石源に垂れ込まれて、島送りの沙汰だ」

「銀太郎、そなたは若い。女には気をつけよ」

「肝に銘じまさあ」

荒川に出たところで小舟に帆を張った。艫に簡単に柱を立てるように工夫し、三角帆を張れるようにしてあった。

この帆は夏場、日除《ひよ》けにもなった。

流れと北風を受けた帆のお蔭で、小籐次は櫓を漕ぐ要がなかった。

大徳利の酒を一口二口飲むと、徹夜の体に酔いがゆっくりと回ってきた。

橋場村の大曲がりを曲がると、おぼろに浅草寺《せんそうじ》の甍《いらか》が見えてきた。

「舟から浅草寺に初詣たあ、洒落《しゃれ》てますぜ。今年はいいことありそうだ」

銀太郎の言葉に小籐次は、

（どのような一年になるのか）

と考えを巡らしてみた。だが、酔いが思考を邪魔して、酔いと舟の揺れに身と心を任せた。


小舟を難波橋下に着けたのは、正月三日の昼過ぎの刻限であった。石垣の前に立てられた杭に小舟を舫い、石段から雪の残る河岸に上がった。

難波橋の親分の秀次が一家を構える家の格子戸に、正月飾りが飾られているのを小籐次は見た。昨夜は気付かなかった正月飾りだ。

「親分、戻ったぜ。いなさるか」

ちょっと誇らしげな銀太郎の声が響き、手先たちが、

「おれたちも助っ人に千住《の》へ伸そうと思っていたところだよ」

と出迎えた。

「信吉兄い、大次郎。酔いどれの旦那とこの銀太郎が出張って、いつまでものん

べんだらりと手を拱《こまね》いているものか」

「おっ、銀太郎め。えらく威勢がいいな、威張ってやがるぞ」

兄貴分の信吉が苦笑いした。

「それとも石源の親分に飲めねえ屠蘇《とそ》でも飲まされて、頭がおかしくなりやがったか」

仲間同士がわいわいと言い合いながら、秀次が陣取る居間に一同は向った。

小籐次も従った。

「赤目様。銀太郎の声を聞いていると、どうやら千太郎は見つけたようでございますな」

「親分の指図で早々に千住に行ったのがよかった。石源の親分に世話になってなんとか始末した」

「わっしらは昼前に奉行所に手配りをしようとしたのですが、なにしろ三が日だ。旦那となかなか連絡《つなぎ》がとれなくてねえ。夕方にも千住へ信吉らを走らせようとしていたところでさあ」

秀次の言葉に銀太郎が頷き、昨日からの経緯を報告した。

「なんとまあ、お兼に未練を残した千太郎も哀れといえば哀れですね。流人船から逃げ出した上に今度の騒ぎだ。留次を刺してますからね。遠島では終わりますまい」

「親分、留次を医者に送ったが、あれは助からねえな。お兼の前で心の臓近くを深々と刺されて出血が多いや」

「となると、獄門は免れないか」

「一番性《たち》が悪いのはお兼だぜ」

「お兼が佐倉屋の夫婦殺しを指図した張本人となると、こっちも死罪だねえ」

「石源の親分が、正月早々手柄を横取りしたようだと喜んでいなさったぜ」

「いや、この一件は石源の手柄よ」

秀次がさばさばと言い、

「だがよ、銀太郎。おめえは威張りようほど働いたとは思えねえ。聞いてみれば、赤目様の尻にくっついて歩いただけだ」

「親分、それは言いっこなしだ」

と銀太郎が頭を掻き、

「なにはともあれ、祝着《しゅうちゃく》にございましたよ」

と秀次が小籐次に言って、高輪沖で拾い上げた流人赤馬の千太郎の一件は決着した。


小舟を新兵衛長屋の裏手の石垣に着けると、版木職人の勝五郎が立っていて、

「正月早々稼ぎでもなさそうだ。吉原に花魁《おいらん》でも買いにいったかえ」

と聞いてきた。

「申されるとおり吉原一の太夫《たゆう》にな、主様《ぬしさま》、正月くらいわちきの寝間で過ごしておくんなましと懇願されてのう。居続けをしておった」

「おおっ、酔いどれ小籐次もなかなか粋《いき》なことを抜かすようになったぜ」

河岸に上がった小籐次は、

「明日から仕事だ。湯屋に行ってさっぱりしてこよう」

「なんだか、その疲れた顔は野暮用のようだな。夕餉《ゆうげ》に一杯やらねえかえ」

「よいな」

小籐次は長屋に戻ったその足で湯銭と着替えなどを持ち、町内の湯屋に行き、徹夜明けの体の汗を洗い流し、湯にのんびりと浸かって、

「極楽極楽」

と呟いた。

再び長屋に戻った小籐次は、明日からの商売の仕度をした。

砥石を調べ、乾ききった砥石には水を含ませ、水が漏らないか盥《たらい》を調べた。そうしておいて、取り戻した小刀を砥石にかけて研いだ。

刃物を研ぐ行為は単純だ。それだけに雑念が入ると研ぎがうまくいかなかった。無心に寝かせた刃を砥石の面に合わせて研ぐ。この作業に専念して千住宿でざわついた気持ちを鎮めた。

砥石を片付けた小籐次は、部屋の片隅に積んである竹を一束運んできて、小鉈《こなた》で割っていく。

長屋のどぶ板の雪はすでに消え、光が斜めから差し込んでいた。

「お侍さん、風車が壊れたよ」

竹を割る音に、長屋の子供が以前与えた竹の風車を持ってきた。

「どうれ、見せてみよ」

狭い土間から差し出された風車は、竹を薄く削った羽根が二枚折れていた。

「手直しに時間がかかる。その間、ほれ、この竹とんぼで遊んでおれ」

小籐次は竹とんぼを代わりに与えた。すると、

「ありがとう、お侍さん」

と、竹とんぼを持った子供は外に出ていった。

小籐次はさらに小鉈を振るって割竹を作り、それを小刀で薄く削っていった。

その竹片が膝の前に山のように積まれたところで、まず風車の修理に取り掛かった。

折れた羽根を外し、新たに作った竹片をさらに削って、火鉢の炭火に翳しながら角度をつけて曲げた。二枚の羽根を付け終えて、風車に息を吹きかけると、
くるくる
と回った。

小籐次は時を忘れて、引き物の風車、竹とんぼ、竹笛、がらがら、竹蛇などを作り上げた。

いつの間にか、夕暮れが訪れていた。

壁が叩かれ、

「旦那、一杯飲まねえかえ」

と勝五郎の声が響いた。

翌朝、小籐次は小舟に仕事道具を積み込み、舫い綱を外した。

江戸の町には所々雪が残っていた。だが、それもわずかなものだ。

堀留から小舟を御堀へと向けた。

小舟の縁には藁づとが付けられ、引き物の竹とんぼや風車が差し込まれてあった。その風車がからからと鳴って回った。

三が日が明けて、どこの長屋でも普段の暮らしに戻ろうとしていた。むろん商家もすでに商いを始めていた。

そんな気配の芝口新町の堀留から御堀に小舟を入れて、汐留橋を潜った。すると、荷足り船、荷船、肥船《こえ》などが往来し始めていた。

昨夜は、勝五郎と正月の祝い酒を酌み交わし、四つ（午後十時）前に就寝した。ぐっすりと眠ったせいで、小籐次の心身は爽快さを取り戻していた。

築地川に入ると、尾張藩の蔵屋敷の船着場には荷船が並び、海から荷が運びこまれてきていた。

築地川を出ると江戸前の海だ。

小籐次は舳先を鉄砲洲《てっぽうず》と佃島《つくだじま》の間の水路へと向け、海岸線を北へと上がった。

佃島の一番の渡し船と行き違い、佃島、石川島と横目に見て、大川河口を斜めに横切った。

小舟を越中島と深川の南に位置する堀へと入れた小籐次は、ようやく気を緩めた。

江戸湊から大川河口には、小籐次の操る小舟など一のみしそうな大型の荷船や木場に向う筏《いかだ》などが往来しているからだ。

だが、深川、本所を縦横に走る運河、堀には大きな帆船の姿はまず見かけなかった。

武家方一手橋を潜った。この奇妙な名の橋は、忍《おし》藩松平家の中屋敷へ通じる橋だった。

小籐次が小舟をまず着けたのは深川蛤町《はまぐりちょう》の裏河岸だ。すでにそこには先客がいた。

平井村から家で作った野菜や餅や漬物などを百姓舟に積んで売りにくるうづの姿だ。

菅笠も絣《かすり》模様の仕事着も姉様被りの手拭も真新しかった。

「赤目様、おめでとうございます。本年もよろしくお願い申します」

「うづどの、静かな三が日でしたかな。今年も商いの手解《てほど》きをお願い申す」

小籐次が船着場に小舟を着けると、船縁の藁づとに差した風車が動きを止めた。

「赤目様がくるのをお待ちのお客様がおられるわよ」

「どなたかな」

「黒江町の曲物《わげもの》師の万作さんよ」

「なにっ、そなたは今日が初商いではないのか」

「昨日、得意先を挨拶に回ったの」

「商いはそれでのうてはならぬな。わしもうづどのを見習わねばなるまい」

曲物師は檜《ひのき》の薄板を曲げて、曲《まげ》わっぱや弁当箱などを造るので、檜《ひ》物師《ものし》とも呼ばれた。目の詰んだ檜に線を引き、きれいに切るには刃物の切れ味が重要だった。

名人肌の万作には沢山の注文があって、自ら道具を研ぐ余裕がなかった。そこで小籐次に大事な道具の手入れと研ぎを任せてくれていた。

「ならば、まず万作どのの仕事場を覗いてこよう」

小籐次は舟から木桶や砥石類、さらには風車など引き物を小判型の盥に入れて、両手で抱えた。

「今日のお昼を一緒に食べようよ、お侍さん」

「それは楽しみな」

蛤町裏河岸から黒江町の八幡橋際にある万作の仕事場まではすぐそこだ。すでに万作は仕事場に入っていた。

「親方、おめでとうござる」

「おおっ、早速見えなすったか」

「うづどのから聞いた。なんぞ御用がござろうか」

「暮れの内、仕事が立て込んで道具の手入れも十分にしなかったんだ。職人としては罰《ばち》当たりよ。まずは道具の手入れからかと、少々うんざりしていたところだ」

「ならば、こちらの軒先を借り受けて店を広げてよろしいか」

「助かるぜ。狭いが土間でやってくんな」

万作が土間の一角に筵を敷いてくれた。

小籐次は盥に水をもらい、筵の上に仕事場を設けた。

「まずはこいつを研いでくんな」

と差し出されたのは、どれも馴染みの刃物ばかりだ。

小籐次は切れの鈍った道具の刃を丹念に検《あらた》めて、研ぎの手順を決めた。さすがに曲物の名人と言われるだけに、道具には一つとして悪い癖、偏りがなかった。

小籐次は中砥の上に道具の曲がり刃を寝かせた。

その日の昼前まで、小籐次は万作の仕事場の土間で刃物を研ぎ続けた。万作の道具が研ぎ終わらぬうちに、

「おや、酔いどれの研ぎ屋さんはこちらで開業かえ」

と黒江町界隈のおかみさん連が、正月に切れ味の鈍くなった出刃や菜切り包丁を一本二本と持ってきたからだ。

「万作どの、そなたの店を乗っ取ったようだ」

「いつもは一人で仕事をしていてよ、寂しいときがあらあ。時にうちにきて仕事をしてくんな」

万作は昼餉を食べていけと勧めてくれたが、

「野菜売りのうづどのと先約がござってな」

と四つ半（午前十一時）過ぎに道具を片付けた。

二

富岡八幡《とみがおかはちまん》前の蕎麦屋で蕎麦を食べながら、小籐次はうづとの久しぶりの再会を喜び合った。

とはいえ、うづが師走から正月にかけての平井村の出来事をあれこれと話し、小籐次はにこにこと笑って聞いているだけだ。それを見ていた蕎麦屋の主が、大丼になみなみと酒を注いで運んできた。

「主、酒は注文しておらぬが」

「松の内だ。お馴染みさんへのうちの奢《おご》りだ。飲んでくんな」

小籐次が、さほど親しくもない蕎麦屋に奢られるいわれはないがと迷っていると、

「お侍研ぎ屋の旦那と野菜売りの姉さんは実の親子でもねえのに、まるで親子のように仲がいいや」

と蕎麦屋の主が感心した。

「主、うづどのがわしの娘では勿体ないわ。商いの師匠でな、研ぎ屋の仕事が立ち行くようにしてくれた恩人だ」

「私にも赤目様は大の大の恩人なのよ」

うづも言い返す。

「見ていたよ。この先の船着場でよ、おまえさんが寅岩の萱造の子分に絡《から》まれているところを、この研ぎ屋さんが助けたんだったな。あんときさ、研ぎ屋さんの

手並みに驚いた。だが、後で研ぎ屋さんが大名四家の御鑓拝借をしてのけた酔いどれ小籐次様と知って、ようやく納得したぜ」

「だから私たち、親子以上の縁なの」

「深川から寅岩が消えて、この界隈の住人も喜んでいまさあ。その丼はおれからのささやかな礼だ。飲んでくんな」

「頂こう」

小籐次は丼をようやく手にした。

「堪らぬな、この香りが」

禿《は》げ上がった額の下に大目玉が睨み、団子鼻がしわくちゃな顔の真ん中に鎮座して、顔の横に飛び出した耳たぶも大きい。その不細工な顔が酒に接して崩れると、愛嬌《あいきょう》が漂った。

丼の縁に口が付けられ、傾けられた。

すいっ
と酒が小籐次の口に流れ込み、喉がかすかに鳴って胃の腑に落ちていった。

一瞬の間でもあり、長いときが流れたようでもあるひと飲みだった。

無芸の酔いどれ小籐次の芸といえば芸だ。

「お見事」

と蕎麦屋の主が叫び、

「お代わりを持ってこよう」

と空の丼を小籐次から取ろうとした。

「昼酒は一杯で十分でござる。甘露でござった」

小籐次が蕎麦代を支払い、

「われら、仕事の最中でな」

「そうよ。仕事がなにより大事なの、蕎麦屋さん」

とうづも応じた。

うづと別れた小籐次は、馴染みの料理茶屋歌仙楼の裏口で夕暮れ近くまで仕事を続けた。女将のおさきが、店じゅうの刃物を研ぎに出してくれたからだ。

大川を渡って芝口新町の長屋に戻る道中、その日の稼ぎを計算した。なんと正月の祝儀もあって一分二朱近くもあった。

律儀に商いに出れば、赤馬の千太郎に持ち逃げされた二両二分も取り戻せそうだ。

西空が赤く染まっていた。

小籐次は帰り船の往来する河口を気にしながら、佃島と鉄砲洲の水路を抜け、さらに海岸を下って築地川へと小舟を入れた。今日一日天気がよかったせいで、すっかり雪は消えていた。

明日はご挨拶がてら浅草界隈の得意先を回ろうかと考え、新兵衛長屋裏の堀留に小舟を着けた。

小舟を舫った小籐次は石垣の上に道具を抱え上げ、自らも身を上げた。

「今かえ。先ほど久慈屋の小僧さんが来て、お戻りになったら、お店にお出《い》で下さいと言付けて帰ったぜ」

勝五郎が長屋の戸口前から叫んだ。

前掛けに版木の削りくずを付けているところを見ると、仕事の最中だろう。勝五郎の仕事は黄表紙《きびょうし》やら読売の版木彫だ。急ぎ仕事が多かった。急な注文が入ったのだろう。

「道具を片付けたら、この足で久慈屋さんに参ろうか」

昌右衛門の供で常陸国西野内村に西ノ内和紙の仕入れに行く約定がしてあった。おそらく、旅の日程が決まったものであろうと小籐次は推量した。

長屋の部屋に砥石など道具類を運び入れ、井戸端で顔と手足を洗い、さっぱりした。

「勝五郎どのは、これから徹夜の様子じゃやな」

「三が日が明けたら早速、仕事が飛び込んできやがった。嬉しいような気忙《きぜわ》しいような、なんとも言えぬ心持よ」

「正月早々の注文は商売繁盛、家内安全のお告げにござる。間違いなく吉兆であろう」

「行灯の油代を払えば、いくらも残らない仕事だぜ」

「それも塵《ちり》も積もれば山の喩《たと》えだ。後で鑿を研いで進ぜよう」

「そいつは助かる」

「出て参る」

「あいよ」

という勝五郎に見送られて木戸口を出た。

芝口橋の久慈屋は店仕舞いの最中だった。

小僧の国三《くにぞう》が目敏く小籐次の姿を認めて、

「大番頭さん、赤目様がお見えですよ」

と店の中央に陣取る帳場格子の中の観右衛門に叫んだ。

「おや、早速で恐縮にございますな」

「久慈行きの日取りが決まりましたかな」

「それもございますが、旦那様がなんぞお話があるとか。私もまだその内容は聞かされておりません」

と答えた観右衛門が、

「うちから帰られた後、えらい騒ぎに巻き込まれたそうではございませぬか」

「すでに承知か」

「難波橋の手先の銀太郎さんが、さっき店先で話してくれましたよ」

「流人を元日に拾い、長屋に連れ戻ってえらい目に遭った。久慈屋どののお長屋に無断で流人など連れ込んだ罰が当たった」

「情けは人の為ならずと申しますが、咎人は別です。流人と分った段階で、秀次親分の家に担ぎ込むのでしたな」

観右衛門が遠回しに注意した。

「疲れ切っておる上に怪我もしていた。三が日、長屋で休ませてと憐憫をかけたのが間違いであった。こちらから拝借しておる小舟まで乗り逃げされて、慌《あわ》ててしもうた」

「銀太郎さんは流人の上を行く女がいた、この世で怖いのは男じゃねえ、女だと、しみじみ零《こぼ》していましたよ」

と言った観右衛門が、

「奥に参りましょうかな」

と、自ら案内するように小籐次を誘った。

昌右衛門は、奥座敷の火鉢に手を翳して煙草を吸っていた。

「赤目様、お呼びたてしてすいませぬな」

と雁首《がんくび》の灰を煙草盆にぽんぽんと叩いて落とした。

「なんぞ御用にございましょうか」

「まず一つは仕入れ旅の一件ですが、八日の朝立ちでいかがにございますか」

「承知いたした」

「旦那様と赤目様の他に手代の浩介が同行致します」

と観右衛門が小籐次に説明した。

「それは楽しみな」

と答える小籐次に、

「今日、問屋組合の寄り合いがございましてな。新年恒例の顔合わせ、まあ、飲み会にございますよ」

　と昌右衛門が話し出した。どうやら小籐次が呼ばれた一件のようだ。

「旦那様、私もお聞きしてよろしいので」

「番頭さんの知恵も借りることになります、一緒に聞いて下さいな。ただし真偽がはっきりとした話ではございませぬ」

「なんでございましょうな」

　観右衛門が興味津々に身を乗り出した。

「室町の紙正弥の正兵衛さんが、奇妙なことを吉原で耳にして来られたので」

「紙正弥様は遊び人ですからねえ」

　と観右衛門が相槌を打った。

「吉原の幇間《ほうかん》が座繫ぎに話したことだそうです」

　紙正弥正兵衛は、仲間と一緒に正月二日に吉原の馴染みの花魁の座敷に通った。その折、幇間の昇光《しょうこう》が、

「紙正弥の旦那、芝口橋の久慈屋さんとはお知り合いでしたな」

　と言い出した。

「そりゃあ、同業です、承知です。だが、昇光、久慈屋の旦那を吉原に招こうなんて考えないことだ。堅物ですよ」

「いえ、違いますよ。久慈屋さんには、今江戸で評判の酔いどれ小籐次とかいう達人が世話になっているというではありませんか」

「私も聞きましたよ。大酒飲みの上に剣の達人とか。それがえらく小さな年寄りだということです」

「旦那、その酔いどれ小籐次は、肥前小城藩など四家の参勤交代の行列に殴り込みをかけた上に御鑓先を切り取った。それも旧主の受けた恥を雪《すす》ぐためとか。そのため今も酔いどれ小籐次には刺客が次々に襲いかかっているということです」

「先頃も、江戸外れの小金井橋で十三人を相手に勝ちを収めなすったそうな」

「今や江都の剣術界は、赤目小籐次一人に名をなさしめて意気消沈とか聞いております」

「それがどうしたな、昇光」

「へえっ。わっしも小耳にはさんだ話で、ほんとか嘘か決めきれないんで」

「昇光さん、幇間が旦那の前でそう勿体ぶるのではありませんよ。さっさと話しなさいな。それとも、話を引っ張って小遣いを頂こうという算段かえ」

番頭新造の一人が帮間に話を急《せ》かせた。

「竜郎《りゆうそん》さん、そんな魂胆はありませんよ。遊びにつかれた分限《ぶげん》者の旦那方が十人ほど船を大川に浮かべての座でねえ、酔いどれ小籐次一人に名をなさしめているのは江戸の剣術家も情けないという話から、酔いどれ小籐次を倒した者に褒賞を出しませんかということになったらしい。そこで決まった話は一人百両。赤目小籐次の首をとった者に千両の賞金を出すという途方もないことが、即座に決まったんだそうでございますよ」

「昇光、一首千両とはまた豪儀だねえ」

「紙正弥の旦那、その場にいた旦那衆が江戸の剣客を選んで順繰りに差し向ける。ともかく、酔いどれを最初に倒した剣術家に千両が届けられるという話なんで」

「こりゃ、驚いた」

「旦那衆はその場で籤《くじ》を作り、一から順に自分が推薦した剣客が酔いどれ小籐次を襲う、という話まで進んでいるそうなんで」

「昇光、一人百両都合千両を遊びで出せる旦那衆は芝居町か、魚河岸か、この吉原、その辺りですよ。正体ははっきりしないのかねえ」

「それがねえ、曖昧《あいまい》なんで」

と幇間の昇光が首を捻った。

「……という話なんですがねえ」

と、昌右衛門が話を締め括《くく》った。

「これはまた、赤目様の首に千両がかかりましたか」

「よた話か真《まこと》の話か、分りませぬ」

「待って下さいな、旦那様」

観右衛門が声を張り上げた。

「赤目様は、すでに追腹組とか申す鍋島家の刺客団を向こうに回しておられます。そこへ、そのように千両目当ての剣客が現れては話がややこしくなります」

「そこですよ、番頭さん。もしこの話が真の話なら追腹組にとっても聞き捨てならぬ一件です。先を越されては葉隠《はがくれ》武士の面目が立たぬと躍起《やっき》になるのではありませんか。そのことがな、気になりましてな」

「どうしたもので」

「真偽を確かめるのが先決です。番頭さん、難波橋の親分に動いてもらい、この風聞の出所を探ってもらえませぬか」

「承知しました」

久慈屋の主と大番頭の会話が一段落した。

「昌右衛門どの、大番頭どの、それがしのことでそのような斟酌は無用です。勝敗は時の運にございますれば、天の定めに従いまする」

「それはなりませぬぞ、赤目様」

昌右衛門が険しい表情に変わり、

「よいですか。お侍であれ、商人であれ、恐れながら公方《くぼう》様であれ、命は一つにございます。その命を粗末にしてはなりませぬ。戦いを避けるのも剣術家の知恵にございます。戦わずして勝つ、これ兵法《ひょうほう》の極意です。となれば、相手の正体を知るのがまず大事です」

と一蹴《いっしゅう》した。

「はあ、さようではござろうが、それがしのことであちらこちらを煩《わずら》わしてよいものでしょうかな」

「ここは旦那様と、この観右衛門にお任せください」

と胸を叩いた大番頭が、

「明日にも難波橋の親分に相談します。それにしても、赤目様のお首に千両でございますか」

と感心するように、矮軀の年寄り侍を見た。

久慈屋の奥で夕餉を馳走になった小籐次は、五つ半（午後九時）過ぎに店の通用口の敷居を跨ぎ、通りに出た。

芝口橋から芝口新町の新兵衛長屋までは、わずかな距離だ。

橋を渡った小籐次は直ぐに東海道と別れて、東側の蔵地と芝口新町との間の通りを長屋へと向った。

小籐次は昌右衛門に付き合い、二合ほど飲んだ酒が心地よく体に回り、夜風が火照《ほて》った顔を優しく撫《な》でていった。

（冗談にしても、わしの素っ首一つに千両とは、呆《あき》れ果てた次第かな）

と酒のうえの座興話を笑い飛ばしていた。

江戸という都は、一文二文を稼ぐために額に汗する者が大半だ。

豊後森藩に奉公していたとき、小籐次の俸給は三両一人扶持《ぶち》。長屋の棒手振《ぼてふ》りでさえ、三倍から五倍は稼いだろう。

どちらにしても銭一文が暮らしの基本だった。

それを話にしろ、百両ずつ集めて千両とし、それを褒賞に他人の首を取るなど途方もない話であった。そのような遊びができるお大尽が住む都が、江戸でもあったのだ。

小籐次の足がふいに止まった。

前方の暗がりから、
ぬうっ
と一つの影が出た。

額に鉢金を挟んだ鉢巻をして、白襷《しろだすき》を掛けているのが目に留まった。

(追腹組か)

肥前佐賀本藩を中心に、鍋島四家の有志で組織された赤目小籐次暗殺団か。薄闇を透かした。

蔵地の一角に点された常夜灯が、ぼんやりとした灯りを投げていた。

「どなたかな」

「赤目小籐次じゃな」

「いかにも」

「そなたの首頂戴申す」

「まさか千両話を真に受けた仁ではござるまいな」

「爺の首が千両とは法外じゃが、世には酔狂者《すいきょう》の分限者もいる」

「本気か」

「一番籤円明流村上平内俊貫《へいないとしつら》。赤目小籐次の首、もらい受けるによってご検分あれ！」

闇に潜《ひそ》む検視役に叫んだ村上が抜刀し、剣を右脇に斜めに下げると、小籐次に向って走り出した。

忽《たちま》ち間合いが縮まった。

小籐次は、その場に右足を斜め前に開きながら腰を落として待った。

村上の脇構えの剣に両手が添えられ、右の肩に高々と立てられた。

五間を切り、三間に迫った。

高く翳された剣が小籐次の額目掛けて振り下ろされた。

その瞬間、小籐次が背を丸めるように相手の内懐に飛び込み、来島水軍流正剣十手のうち、序の舞に続く二の剣、

「流れ胴斬り」

が抜き打たれた。

備中国次直二尺一寸三分が白い光に変じて、村上の胴を深々と斬り、村上の体の左側を擦り抜けた。
その転瞬、虚空から落ちてくる村上の剣が小籐次の影を無益にも斬り分け、その勢いのまま顔から地面へと突っ伏していった。
血の匂いが蔵地に、
ふわっ
と漂った。
「検視方にもの申す。酒のうえの戯言《ざれごと》なれば、これにて打ち止めにされよ！」
小籐次の忠告を聞いたか、闇がこそりと動き、気配が消えた。

三

翌朝、小籐次は仕事に出る前に、昨夜襲われた蔵地を訪れてみた。だが、村上平内との戦いの跡は消され、亡骸《なきがら》もだれかが運び去った様子があった。
そのことは、村上一人の考えから仕掛けられた戦いでないことを証明しているように思えた。

小籐次は新兵衛長屋に戻り、すでに仕度を終えていた小舟に乗り込んだ。

この日、小籐次は浅草駒形堂の河岸に小舟を着けて、まず金竜山浅草寺御用達畳職備前屋梅五郎親方を年賀の挨拶に訪れようと考えていた。

船縁の藁づとに差した風車がどこか春を感じさせる風を受けて、からからと音を立てて回っていた。

その音を聞きながら櫓をゆったりと漕ぎ、駒形堂に着けた。

六つ半（午前七時）の頃合で、水上ではすでに仕事が始まっていることを示して荷足り船などが動いていた。

「備前屋はまだ仕事前かのう」

畳屋は猫の手も借りたいほどに年の暮れが忙しい。それだけに、年始はのんびりしているのではないかと店頭に立ってみると、すでに職人衆は仕事を始めていた。

「みなの衆、新年おめでとうござる」

両手に抱えてきた盥を軒下において、五尺少々の矮軀の腰を深々と折った。

「赤目様、おめでとうございます。本年もよろしくお付き合いの程を願いますぜ」

備前屋の跡継ぎの倅《せがれ》、神太郎が小籐次に応じ、職人たちが声を揃えた。

「おおっ、今日あたりは顔を出されると思ってましたぜ」

と奥から梅五郎親方がきびきびした動作で顔を見せ、年頭の挨拶をすると、

「浅草界隈の仕事始めは、うちにしてくださいよ」

と土間の片隅を指した。

そこは、小籐次が備前屋で仕事をするときの定位置だ。

「早速のご注文ありがとうござる」

小籐次が道具を店の土間に運び込む間に、神太郎がお手の物の古い畳表を敷いて作業場を作ってくれた。

「赤目様、まずは一服してから仕事をなせえ」

上がり框に腰をかけた梅五郎が言い、小籐次が振り向くと、神太郎の女房のおふさが盆に茶を載せて運んできたところだった。

「おかみさん、本年もよしなにお願い申す」

こちらこそ、と初々しい丸髷のおふさが答え、

「うちのお義父《とっ》つぁんたら、昨日の朝から、赤目様がお顔を見せられるぞと待っておりましたよ。仕事先はうちだけではないのよ、と言っても聞かないの」

「相すまぬことだ。昨日は深川蛤町界隈を年始の挨拶に回っておった。来年はこちらを先に致そう」

道具を茣蓙《ござ》の上に並べた小籐次は、梅五郎の傍らに腰を下ろした。すると、おふさが大ぶりの湯呑を差し出した。

「恐縮にござる」

小籐次は湯呑を受け取り、うーむ、と思った。湯呑が熱くなく、酒の香りが漂ったからだ。

「松の内だ。酔いどれ小籐次様にはまず酒で喉を潤してくんねえ」

梅五郎が言う。

「なによりの馳走にござる。頂こう」

湯呑を両手に持った小籐次は、悠然と口を付けた。

大勢の職人たちが仕事の手を休めて小籐次の飲みっぷりを見た。

喉が音もなく動き、湯呑の酒が胃の腑に落ちていく。

一呑みで湯呑の酒が消えて、

「甘露甘露」

と空の器をおふさに返した。

「さすがに酔いどれ小籐次と二つ名をお持ちの赤目様だ。飲みっぷりが芸になってやがる。どういったらいいか、歌舞伎役者の団菊《だんぎく》でも敵うめえ。天下を飲んでいるように大きな仕草だねえ」

と梅五郎が大仰《おおぎょう》にも感心した。

「いや、お父つぁん、おれたちも職人だ。酒の飲みっぷりのいいの悪いの取り混ぜて大勢承知だが、赤目様の貫禄はだれも出せねえぜ」

と神太郎まで口を揃えた。

「赤目様、もう一杯お代わりをおもちしましょう」

というおふさに、

「おふさ、それより樽ごと店先に据えろ」

と梅五郎が言う。

「親方、おふさどの。これにて十分にござる」

上がり框から立ち上がった小籐次は自らの作業場に戻り、洗い桶を抱えた。

「水を所望《しょもう》致す」

裏庭の井戸端に回った小籐次を、備前屋の飼い犬が寝そべったままじろりと見た。だが、小籐次を知り合いと認めたか、また目を瞑《つぶ》った。

そんな犬の仕草までもが小籐次を、

「出入りの研ぎ屋」

と承知しているようで嬉しかった。

盥を抱えて店先に戻った小籐次が聞いた。

「親方、春先はのんびりしていると思うたが、なかなか忙しそうでござるな」

「年の内に遣り残した仕事先やら、畳替えのできねえ客商売のお店もあってねえ。畳屋は小正月まではなにかと気忙しいのさ」

陽射しが差し込み、通りから春風が吹いてきて、力仕事の職人衆の額に汗が光った。

通りがかりのおかみさん連が、

「おや、お侍研ぎ屋が出ているよ。うちの菜っ切りの切れが悪いのだがねえ、持ってきていいかえ」

と声をかけ、わざわざ長屋に引き返した。

小籐次はそんな包丁を備前屋の道具包丁の合間に研ぎ、がたついた柄をしっかりと締め直した。

「おや、うちの包丁じゃないようだよ。柄まで直してもらったよ」

「おくまさん、研ぎ賃払ったら、竹とんぼでもがらがらでも好きなものを子供に持っていきな」

と小籐次の代わりに、梅五郎が引き物の差配までした。

「なんだか、研ぎ屋さんの親方に鞍替えしたようだねえ」

「おうっ、赤目様は酒と剣術《やっとう》は滅法強いがさ、商いはだめだ。後見のおれが睨みを利かしていなけりゃあ、研ぎ代も満足に受け取られねえ」

「親方に睨まれちゃあ、仕方がないよ。ほれ、ちゃんと研ぎ賃は笊《ざる》に入れておくからね」

「おくまさん、四十両お支払い」

小籐次は昼餉を備前屋で馳走になった。

大勢の職人衆が、広い台所の板の間に膳を並べて丼飯を掻き込む姿は壮観だ。

この日の備前屋の昼飯は、塩引きの鮭の焼いたものと豆腐、小松菜を入れた味噌汁に白菜漬けだ。

小籐次も若い職人衆に引き摺られるように丼飯を一杯食べた。だが、奉公したての弟子などは、その間に三杯も平らげていた。

この一日、小籐次は備前屋の店先で仕事をした。大勢の職人が使う仕事包丁だ。

大小取り揃えていくらもあったからだ。

七つ半（午後五時）時分、研ぎを終えた小籐次は、近くのおかみさんから頼まれた出刃包丁を長屋に届け、この日の仕事納めにした。

「赤目様、夕餉をどうだい」

と梅五郎は誘ってくれたが、

「ちと用事もござるでな」

と固辞して、

「親方、今日もまた一日世話をかけた」

と腰を折った。

「赤目様がうちに顔を出される分にはお達者ということだ。達人と承知していても、相手はなにしろ肥前佐賀藩三十五万石だからな」

と小籐次の身まで心配してくれた。その上、辞去しようという小籐次に、

「帰り舟でやっていきなせえ」

と神太郎が大徳利に茶碗を添えて、盥の中に立ててくれた。

「これは相すまぬことで」

薄暮の浅草を駒形堂に戻ると、大川に小さな波が立っていた。

小舟に道具を運び込み、大徳利と茶碗を足元に引き据え、舫い綱を外した。風はあっても下り舟だ。櫓を片手で操りながら、大徳利の酒を茶碗に注いで飲みながらの川下りだ。

小籐次は、仕事帰りに流れの上から見る江戸の町並みがことのほかお気に入りだった。

町屋の裏路地では、働き手の男衆が長屋に戻るのを待つ刻限だ。一家が顔を揃えてささやかな膳を囲む。そんな満ち足りたときを迎えようとしているのが川面からも窺えた。

小籐次が新兵衛長屋裏手の堀留に小舟を舫ったとき、長屋の敷地に銀太郎が立っていた。

「赤目様、お疲れ様です」

「過日はいたく世話になった」

「なんの働きもしてねえや」

「御用かな」

昨日のことを思い出しながら小籐次が聞いた。

「親分が赤目様にお目にかかりたいと言ってなさるんでねえ、迎えにきたのさ。

ほれ、道具をもらいましょうか」

銀太郎が手を差し出した。

小籐次は、頼もう、と道具類を入れた盥を銀太郎に渡し、徳利と茶碗を抱えて上がった。

「酔いどれ小籐次様には徳利がお似合いだ」

「得意先が持たしてくれたのだ」

長屋に道具を入れ、井戸端で顔と手足を洗った。

「待たせたな」

銀太郎に声をかけ、肩を並べて木戸口を出ようとした。

「おや、どちらさんですかな」

大家の新兵衛が小籐次を見て、声をかけてきた。うーん、と足を止めた小籐次は新兵衛の顔に異変を嗅ぎ取った。

「大家さんよ、しっかりしねえかえ。自分の店子《たなこ》が分らねえようじゃあ、差配も難しいぜ」

銀太郎が文句を言ったが、新兵衛は平然と応えた。

「近頃は、長屋にもいろいろな人間が入り込んで物騒《ぶっそう》です」

「こっちはおめえの店子、おれは難波橋の秀次親分の手先だぜ。こそ泥と間違えるねえ」

長屋のどぶ板から笑い声が上がった。

振り向くと、勝五郎の女房おきみが笑っていた。

「銀太郎さん、近頃の大家さんになに言ったって、糠《ぬか》に釘より手応えないよ。何十年と付き合ってきた私らの顔さえ覚えちゃいないんだからね。久慈屋さんだから差配を務めさせているが、よそならお払い箱だねえ」

「そいつは弱ったな」

「この前も、出入りの汚《お》わい屋に肥え代をごまかされていたよ」

そんな会話を当の新兵衛は無表情に聞いていた。

「参ろうか」

小籐次の言葉に銀太郎が頷き、新兵衛が、

「今度長屋を訪ねてくるときは、大家の私を通しておくれ」

と小籐次に言った。

「大家どの、そう致そう」

「呆れたよ、自分の長屋に出入りする度に大家に断われだと。正月ぼけもいい加減にしてほしいよ」

　と言うおきみのぼやきを背に、二人は木戸口を離れた。

「新兵衛さんはさ、十年も前に長屋で井戸浚《さら》えをやったときよ、空井戸に落ちて頭を打ってから具合が悪くなったそうだ。あれじゃあ、いくらなんでも大家は務められないねえ」

　と、銀太郎が新兵衛の先行きを案じた。

「新兵衛さんは、久慈屋の家作数軒を差配して暮らしを立てているんだ。新兵衛さんが空井戸に落ちた翌年だかに、ばあさんがおっ死《ち》んだ」

「家族は二人だけだったか」

「娘のお麻が三島町の裏長屋で錺《かざり》職人と所帯を持ってるよ。そこには子供が一人いらあ。早晩、そっちに引き取られることになるかねえ」

　小籐次が初めて知る大家、新兵衛の身辺だった。

「そうだ、赤目様。石源の親分がさ、今朝方、顔を見せてさ、うちの親分に赤馬の一件の礼を言っていかれましたぜ」

「それはご丁寧に」

「石源だってさ、土地の千太郎が流人船から抜けたのに、他所《よそ》の親分にお縄にされたとあっちゃあ、間が悪いや」

小籐次はうんうんと秀次の淡白な気性に頷いた。

その秀次は長火鉢の前に気難しい顔で座っていた。

「親分、正月早々に立て続けで世話をかけて、申し訳ござらぬ」

小籐次はまず詫びた。

「御用はわっしらの勤めだ、なんでもねえ。だが、一首千両の一件、どうやら本気ですぜ」

「ほう」

と小籐次はただ頷いた。

「わっしはねえ、久慈屋の大番頭さんに聞かされたとき、そんな馬鹿げた話があるものかと思いましたよ。それでも、観右衛門さんが赤目様の身を案じなさるのでねえ、無駄で元々と吉原まで足を延ばしましたのさ」

「ご苦労でござったな」

「幇間の昇光と芸者置屋で会いまして問い質《ただ》しますとねえ、これが知り合いの船頭から聞かされた話というので、今度は山谷堀の船宿土手梅の船頭田平に会ったのですがねえ、こいつが口が固いや。あれは幇間に冗談を言ったんで嘘っぱちだと抜かすんですよ。この態度がどうも気に入らねえ。それでさ、土手梅の主、梅之助を呼んで、おめえらがそんな態度なら大番屋に引き出して、定廻り同心立会いで白黒つけようか、と野暮を承知で脅したんでさあ」

「話しましたか」

「それがさ。贔屓《ひいき》の客のことだ、それがだれかだけは勘弁してほしいと、梅之助、田平ともども頭を床に擦り付けやがるんで」


「よし、分った。おめえたちも客商売だ。川遊びの船の船頭が、客の喋ったことを他所でぺらぺら洩らしたとあっては暖簾《のれん》に関わろう。田平、おれが持ち込んだ話は真か冗談か、それだけ答えろ」

秀次が二人の主従を睨んだ。

田平が梅之助の顔を見て、二人が頷き合い、

「親分、土手梅の名だけは出さないでくんな」

「呑み込んだ」

秀次が胸を叩き、田平が、

「本気の話だぜ。十人が百両、差配も決まり、籤も船中で引かれた」

「驚き入った話だねえ。そんな話があるとも思えなかったが」

「おれはさ、酒の上の座興だ、明日になれば忘れられる話と思ったんだ。ところがよ、その旦那衆の一人を数日後に猪牙《ちょき》に乗せたと思いねえな、親分。その旦那が言うにはすでに八百両が集まり、一番手の剣術家も決まったそうな。さすがに、その一番手の剣客がだれかまでは話してくれねえや。だが、赤日小籐次という侍を斃《たお》すまで刺客を送り続けるというのは確かな話だぜ」

と田平が言い切った。

「……赤目様、船宿の船頭は水の上で聞いた話はそれがなんであれ聞き流してしまうのが、この世界の仕来《しきた》りだ。そいつを幇間の昇光に喋ったのが運のつきだ。ともかく、赤目様にかかった一首千両は真の話と分った。このことを久慈屋の大番頭さんに報告しますとねえ、遊びで他人の首を斬るなど言語道断。親分、しっかりと働いて、その十人の馬鹿旦那の正体を暴き出しておくれとの仰せだ。わっしも土手梅との約定もある。奉行所の旦那には申さず、わっしの手で暴き出しますんで、しばらくお待ち下さいな。なあに、いくらなんでも直ぐに赤目様を襲う算段はできますまい。もう数日の余裕はあると見ました」

と、秀次は小籐次にその夕刻の用事を告げた。

小籐次は出されてあった茶を啜った。

「親分」

「なんですね」

「すでに第一の刺客は現れた」

「なんですって!」

さすがの秀次も、その場で飛び上がるほどの驚きを見せた。

小籐次は昨夜の一件を告げた。

「これはぬかった……」

と自分を責めるような表情を見せた秀次が、

「たしかに一番鑱と名乗りましたか」

「検視方が闇に控えていた様子であった」

「円明流村上平内様は、確か麴町《こうじまち》で町道場を開いておいでの剣術家ですぜ」

と知識を披露した秀次は、

「おめえら、聞いたな。麴町まで走り、村上平内様に異変があるかなしか調べてこい」

と信吉ら手先に命じた。

居間から手先たちの姿が消えて、秀次と小籐次だけになった。

「どうなさいますな、赤目様」

「どうもこうも相手次第だ。降りかかる火の粉なれば払わねばならぬ」

「こいつはわっしだけの手には負えない話になりました。明日にも旦那に相談致します。そのほうが後々赤目様のお為にもなります」

と秀次が請合い、小籐次は黙したまま頭を下げた。

四

その夜、小籐次は秀次親分の家で夕餉を馳走になった。

難波橋の手先の兄貴分の信吉が戻ってきたのは、五つ半（午後九時）前だった。

「親分、村上道場は通夜だぜ。ひっそりとして身内だけの通夜だ」

「やはり赤目様を襲ったのは村上平内様か」

「へえっ。村上様には三人の娘御がおられましてな、麹町の三小町と評判の娘たちだ。次女と三女は早々に嫁にいった。だが、長女のしづは父親の面倒を見るために、これまで数多《あまた》あった縁談を断わってきたんだ」

「村上には女房はいないのかえ」

「しづが十一のときよ、流行病《はやりやまい》でなくなり、村上道場の男所帯を幼いしづがこの十数年支えてきたんだ。麹町界隈でも評判の娘だと。この度、旗本二百三十石、石塚右門様の嫡男実道様と婚儀が整った。なあに、当人よりも父親が必死に娘を説得した縁談だ。それだけに村上としては、しづに持参金を持たせたかったのだろうよ」

「それで一首千両の話に乗ったか」

信吉が頷いた。

(なんということか)

小籐次は信吉の話に衝撃を受けていた。

刺客には刺客それぞれの事情があって仕事を引き受け、自らの命を賭していた。

「村上道場では、道場主の急死を病で倒れたと言っているそうだ」

「村上平内にこの話を焚《た》き付けた野郎はだれか、目星はついたか」

「親分、そこまではまだだ。銀太郎たちを残して村上道場を見張らしているがねえ、密かに通夜に顔出しするかねえ」

「遊びに百両を出して、赤目様を殺そうなんて考えている連中だ。情け知らずとみてよかろう。まず知らぬ顔の半兵衛だな」

　秀次が頷いた。

「赤目様に敗れたゆえ、村上家では一文ももらっているとは思えねえ。信吉、明日から村上平内の知り合いにお大尽がいねえかどうか、丹念に探れ」

「へえっ」

　と畏まった信吉が、遅い夕餉を摂《と》るために台所に下がった。

　秀次が煙管《きせる》に刻みを詰めて、なにかを思案するような表情を見せていたが、ふいに小籐次の顔を見た。

「赤目様、しづのことを考えれば、村上平内にも同情すべき点がないじゃない。だがね、一廉《ひとかど》の剣術家が娘のためとはいえ金子に目が眩《くら》み、なんの縁も謂《いわ》れもない赤目様のお命を狙っていいはずもない。いいですかえ、心得違いなさらないで下さいましよ」

　小籐次は小さく頷いた。

「親分、最前にも申した。それがし、降りかかる火の粉を払うだけだ。相手方にどのような事情があろうとな」

秀次が大きく首肯し、

「わっしは明朝一番で八丁堀に参り、わっしの旦那、近藤精兵衛様に報告した後、一首千両なんて馬鹿げた話を企てた連中を炙《あぶ》り出します。なあに、一人が百両をぽーんと出せる連中はそういませんや。村上平内、しづ親子の哀しみをこれ以上、つくらないためにも精々働きます」

と請合ってくれた。

「頼もう」

小籐次は頭を下げて、腰を上げた。

「昨日の今日だ、二番籤が出ないともかぎらねえ。信吉を付けましょうか」

「親分、わが身くらい守れる」

立ち上がった小籐次が苦笑いした。

「なんたって酔いどれ小籐次だからねえ」

今度は、秀次がなんとも複雑な笑いを顔に浮かべた。

「親分だけに話しておこう。明明後日《しあさって》の八日より、それがし、久慈屋どのの供で常陸国への仕入れ旅に同道致す」

「赤目様が江戸にいないとなれば、探索に余裕が出るというものだ」

と答えた秀次が、

「赤目様。久慈屋の旦那の同道話、周りの者に内緒にしてくれませんか」

「そう致そう。久慈屋どのに迷惑がかかってもならぬゆえな、慎重にことを進める。親分、夕餉を馳走になり、真に美味でござった」

小籐次は秀次に頷き返し、玄関に向った。

難波橋から芝口新町の長屋に戻るまで第二の刺客の出現に気を配りながら歩いたが、その夜、一首千両の刺客は姿を見せなかった。

第一の刺客村上平内があっさりと敗れたので、第二番手は小籐次の身辺を探り、襲いかかってくる算段か。新兵衛長屋の木戸口に辿《たど》り着いて、小籐次はちいさな溜息を吐いた。


翌朝、小籐次は小舟の舫い綱を解かなかった。

徒歩で道具を抱えて、芝口橋の久慈屋を訪ねた。すでに店の前の掃き掃除は終わり、乾いた天気のせいで埃《ほこり》や馬糞が飛びやすい路面に、きれいに打ち水がしてあった。

「おや、赤目様。今日はうちで店開きですかな」

大番頭の観右衛門が小籐次の顔色を読むように言い、上がり框に立った。店の内では商いの仕度を終え、奉公人たちが交代で朝餉を食している様子だった。

「もしよければ、一日こちらで仕事をさせてもらえぬか」

「うちはいつでも歓迎ですよ。それに明後日から赤目様は……」

と言いかける観右衛門の言葉を制した小籐次は一昨夜、久慈屋からの戻り道の出来事と信吉らの聞き込みを小声で告げた。

「な、なんと、早やそのような動きが」

絶句する観右衛門に、

「大番頭どの、ちと相談がござる」

と考えてきた常陸行きの手順を、あれこれと告げた。

「承知しました。今度の道中で旦那様に危難がふりかかってはなりませぬ。赤目様の同道は極秘に致しましょうかな」

「それに昌右衛門どのの仕入れ旅も内緒にして下され」

「承知しました」

赤目小籐次の姿はその日、久慈屋の店先にあった。

久慈屋には大勢の仕入れの商人や車引きや船頭たちが出入りし、前は天下の東海道だ。

これ以上、人目の多い場所もない。いくらなんでも、刺客が姿を見せるなどありえなかった。

「赤目様、昼餉をどうぞ」

小僧の国三に呼ばれた小籐次は刃物などを奥に持ち込み、台所へ行った。すると、大番頭の観右衛門と難波橋の秀次親分が話をしていた。その傍らには、八丁堀風の出で立ちの同心が茶を啜っていた。

秀次らは裏口から久慈屋に入り込んだようだ。

「赤目様、南町定廻り同心近藤精兵衛様にございます。わっしの家は近藤様から鑑札を頂いて、御用を勤めてきましたので」

近藤精兵衛が小籐次を見た。

町方同心の目は好奇心にきらきらと輝いていた。町方同心らしく、小粋《こいき》に小さく纏《まと》めた髷も初々しく映るほど若い、二十一、二歳か。

「今評判の酔いどれ小籐次がこのお方ですか。それがし、難波橋の親分に一から御用を手習い中の近藤精兵衛にござる。以後、よしなに」

「近藤様、赤目小籐次にござる。此度はいろいろと迷惑をお掛け申す」

小籐次も丁寧に挨拶を返した。

「赤目様には、正月早々流人船から逃げた赤馬の千太郎の一件で世話になっております。相身互《あいみたが》いです」

「あの一件はそれがしの迂闊から始まったこと。親分の許に直ぐにでも千太郎を連れ込んでおれば、千住の騒ぎはなかったものを」

「その代わり、石源の正月早々の手柄はなかったですよ。それに千太郎が千住に戻って、お兼の佐倉屋夫婦殺しが判明したのだ。赤目様、怪我の功名です」

若い同心が小籐次の失態を見逃してくれた。

「赤目様。此度の一件ですがな、近藤様に申し上げたところ、上役の与力五味達蔵様と相談なされた上に、武士の表芸たる武道を座興になしたる所業許し難し、急ぎ一人百両を出した旦那連を暴き出せとの命にございました。近藤様の直々《じきじき》のお指図で動きます。一日二日、時を貸して下せえ」

と秀次が言った。

小籐次は、

「よしなに願う」

と頭を下げた。

久慈屋の店先で、小籐次は一日じゅう刃物を研いで暮らした。砥石に向っていれば無心になれた。

坦々とした時が流れて、夕暮れが近付いた。

この日は、久慈屋で夕餉を馳走になることもなく、小籐次は新兵衛長屋に戻った。木戸口に勝五郎たち長屋の住人が集まっていた。

「どうなされたな」

「おおっ、旦那かい。大家の新兵衛さんの姿が朝から見えないんだ。ほれ、新兵衛さんの様子がこのところおかしいや。ひょっとしたら三島町の娘の家に行ってんじゃねえかと先ほど聞きに行かしたらさ、お麻さんの所にも姿がねえ。お麻さんがこうして駆け付けなさった。そこへ、長屋の出入りの青物屋がさ、昼前にさっさと高輪大木戸に向う新兵衛さんの姿を見たというのだ。聞くと、芝田町の元札辻らしいや」

見知らぬ女が小籐次にぺこりと頭を下げた。新兵衛の、嫁に行った娘のお麻のようだ。どことなく新兵衛と面立《おもだ》ちが似ていた。

「お父つぁんには、高輪大木戸の先に知り合いなどおりませぬ」

やはりお麻だった。

「このところ、ぼけがひどいとは聞いておりましたが、長屋の方々に数々のふるまいをお聞きして驚いております」

「心配だのう」

と言った小籐次は、勝五郎に視線を向けた。

「そこでさ、わっしらも高輪大木戸から品川宿に行ってみようと、衆議が一決したところだ」

「待て。わしも同道しよう」

「そうしてくれるかい。酔いどれ小籐次様が一緒なら心強いや。行くのは、おれと鋳掛《いか》け屋の金公だ」

新兵衛が差配するもう一軒の長屋に住む独り者の金次。それに小籐次が加わり、三人の捜索隊だ。

小籐次は砥石などの道具を部屋に入れると、木戸口に待つ二人のところに戻った。

「勝五郎どの、もはやここまでくれば久慈屋どのに仔細《しさい》を伝えておいたほうがようはござらぬか。新兵衛どのの有様を知られたところで、久慈屋どのは無下《むげ》なことはなさるまい」

「私が参ります」

とお麻が名乗りを上げた。

「そうしてくれるか。大番頭の観右衛門どのに会ったら、わしも探しに出たと伝えてくれ」

「承知しました」

小籐次は常陸行の一件、さらには一首千両のこともあり、観右衛門には行動を伝えておくことにした。

「よし参ろう」

「頼んだよ」

とおきみらに見送られて、三人は芝口新町を東海道へと出た。

夕暮れから夜へと、東海道の両側町は様相を変えようとしていた。旅人の道具を売る店はばたばたと店仕舞いの最中だ。

「新兵衛さんめ、頭の螺子《ねじ》は狂ったがよ、体は元気だ。昼下がりに元札辻を通り過ぎたのなら、六郷を越えてよ、神奈川宿くらいまで行っているぜ」

「金の字、東海道じゅうを新兵衛さんを探して歩けるものか。せめて、品川宿あたりで引っかかっていねえかねえ」

金次と勝五郎は掛け合いをしながらも道の両側を見回し、時には店の戸締りをする手代などに声をかけた。

新兵衛探しが芝田町の元札辻に差し掛かり、三人は手分けして新兵衛の風体を告げて、見かけたものはいないか聞き聞き進んだ。小籐次はちらりと豊後森藩上屋敷の閉じられた表門を見た。旧藩だが上屋敷にはさほど縁はなかった。

高輪大木戸の役人にも聞いたが、昼の役人とは交代していて知らぬ、という冷たい返答が戻ってきただけだ。

三人は泉岳寺前を過ぎ、潮騒《しおさい》の音を聞きながら北品川宿に入った。

「腹が減った」

とぼやき始めた金次を宥《なだ》めながら、北品川宿と南品川宿の境、目黒川に架かる中ノ橋に差し掛かった。

「おりゃ、腹減って動けねえ」

金次は橋の真ん中に立ち止まって宣言した。

「旦那、仕方ねえ。どこぞで蕎麦でもたぐるか」

「そう致すか」

南品川に入ったところで安直な蕎麦屋を見つけ、かけを頼んだ。

「親父、酒はあるか」

勝五郎が酒を二つ頼んだ。金次は下戸だという。

二人は茶碗に注がれた冷やをちびちびと嘗《な》めた。

刻限は五つ（午後八時）過ぎか。誂《あつら》えたかけが小籐次らの前に出されたとき、職人風の客が二人、縄暖簾を肩で分けて入ってきた。

どうやら、品川の馴染みに会いに行く前に腹拵《ごしら》えをするという風情だ。酒を頼んだ二人の会話が小籐次らの耳に入った。

「おさよ、おさよって海に向って女郎の名を呼んでよ、あれだけ惚れられたら女郎も幸せだな」

「結構な年と見えたが、飯盛に惚れたんだねえ」

「そんで邪険《じゃけん》にされたか」

「年も年だ。そんな塩梅《あんばい》だねえ」

勝五郎が、

すいっ

と立った。

「すまねえ、つい話が耳に入った。おさよって叫ぶ男は年の頃、五十過ぎですかえ」

二人がどきりとしたように勝五郎を見て、

「ああっ、そんな年恰好だな。おめえの知り合いかえ」

「どこに行ったら会えますねえ」

「浜に向って真っ直ぐに下りていきねえ。直ぐに分るぜ」

勝五郎が二人に礼を言い、小籐次らを振り返った。

「新兵衛さんの死んだ女房の名がおさよと言うんで」

「参ろう」

金次が食いかけた蕎麦の丼を抱えて未練を示した。

「金の字、あとで好きなだけ食わせてやるぜ」

勝五郎が蕎麦代と飲み代を卓の上に投げ出すように置き、金次も仕方なく丼を手放した。

芝口新町で四軒の長屋を差配する新兵衛は、南品川の浜に座り込み、沖に向って泣きながら叫んでいた。

「おさよ、おさよ……」

その声は長いこと名を呼び続けていたことを示して、嗄《か》れていた。

「新兵衛さん」

勝五郎の呼びかけにも、新兵衛は答える様子はなかった。

「新兵衛さん、迎えに来たんだ。長屋にはよ、娘のお麻ちゃんも待っていらあ。戻るぜ」

「お麻」

と呟いた新兵衛の手を勝五郎がとって、浜から立ち上がらせようとした。

「お麻」

の名に反応したか、新兵衛は自ら立ち上がった。

「よかったな、新兵衛さんが見付かってよ」

金次も老醜を晒した大家の姿に衝撃を受けたか、しみじみと言った。

「宿で駕籠《かご》を探して乗せて参ろうか」

「そうしよう」

小籐次の言葉に勝五郎が頷き、新兵衛を勝五郎と金次が左右から挟むように手を取った。

「新兵衛さん、死んだおさよさんと品川の浜に思い出でもあるのかねえ」

勝五郎が呟いたとき、小籐次は異変を察知した。

品川宿のほうから一つの影が下りてきた。

武家の足は明らかに小籐次らのほうへ向けられていた。

「勝五郎どの、金次どの。新兵衛さんを頼む」

「どうした、お侍」

と答えた金次が小籐次の視線の先を追い、

「なんだえ、あいつは」

と怯《おび》えた声を出した。

「わしを狙う者のようだ。そなたらは心配要らぬ」

小籐次は影に向って歩いていった。

浜は品川宿から海に向ってなだらかに下り勾配《こうばい》になり、足元は小石の海岸だった。

二人の間合いは二十数間になった。

小籐次は足を止めた。

「二番籤甲源《こうげん》一刀流谷路《やじ》遠光。赤目小籐次どののお首頂戴《しるし》申す」

そう宣告した谷路がゆっくりと腰の一剣を抜くと、脇構えに置いた。その構えのままに低い姿勢で悠然と走り出した。

小籐次は、二人の間に高さ二尺ほどの小岩があるのを目に留めた。

次直を抜いた小籐次は二尺一寸三分の剣を右手一本に構え、肩越しに背中に隠し持った。

その姿勢で速度を上げた谷路に向い、迎え撃つように走った。

「旦那！」

勝五郎の悲鳴が背に響いた。

見る見る間合いが縮まった。

小籐次の体が飛燕《ひえん》のように横っ飛びに小岩に飛び上がり、その反動を利してさらに虚空へと飛翔した。

谷路は小籐次の動きを追いつつ、脇構えの剣を虚空へと差し伸ばした。

一条の光と化した刀身が、宙に浮く小籐次の両足を撫《な》で斬ろうとした。

その瞬間、谷路は不思議なものを見た。

虚空にあった小籐次の体が後方に捻られて一回転すると、谷路の斬り上げを躱《かわ》し、

くるり

と元に戻った小籐次の背中に隠されていた次直が、片手斬りに谷路の眉間に叩きつけられた。

勝五郎は、

がくん

と立ち竦んだ谷路を見た。その体から力が抜けて、よろよろとよろめき品川の浜に突っ伏した。

小籐次はと見れば、すでに浜に膝を屈して降り立ち、矮軀をゆっくりと立ち上がらせると、

「来島水軍流脇剣七手の内、三の手飛び片手」

と呟く声が聞こえた。

第三章　梅香酔いどれ旅

一

新兵衛を連れて長屋に戻ったとき、刻限はすでに夜半に近かった。娘のお麻が父親に抱きついて、

「お父つぁん！」

と泣き崩れたが、当の新兵衛はぽかーんとした顔で、体を棒のように突っ立たせているだけだった。

出迎えの中に、久慈屋の大番頭の観右衛門もいた。

井戸端で顔を洗う小籐次に歩み寄った観右衛門が、

「赤目様、ご苦労でございました」

と労《ねぎら》った。

「品川の浜で、亡き女房どのの名を叫んでおった」

「なんということで」

「もはや差配は務まるまいな」

「お麻さんから辞めさせたいとの言葉をもらいました。明日にも旦那様と相談しますが、まずは医師に診《み》せるのが先かと存じます。その上で、新兵衛さんの処遇は決めます」

と答えた観右衛門が、

「今晩はこれにて」

と帰る様子を見せた。

「大番頭どの、小舟で送って参ろう」

久慈屋のある芝口橋は長屋の近くだが、刺客のことを考えて観右衛門に言った。水上を行くほうが安全と小籐次は考えたのだ。

「それは恐縮でございますな」

意図を察した観右衛門が素直に従い、二人は長屋の裏手の堀留に繋いだ小舟に乗った。

堀留から御堀を伝う舟行は徒歩《かち》よりは遠回りだが、さほどの距離ではない。

「大番頭どの、品川の浜に二番籤の刺客が現れよった」

うっ
と押し殺した声を洩らした観右衛門が小籐次を見た。

「甲源一刀流谷路遠光と名乗りおった。同道の勝五郎どのと金次どのの二人には口止めをしておいた。新兵衛どのはなにが起こったか分るまい」

「あれではねえ」

と応じた観右衛門が、

「明朝にも難波橋の親分に伝えます」

「お願い申す」

小舟はすでに御堀に出ていた。久慈屋のある芝口橋は見えていた。

「赤目様が旅をされている間に、馬鹿げた遊びを企てられた旦那衆が暴き出されるとよいのですがな」

「願っておる」

小籐次は小舟を久慈屋の船着場に着け、

「私はこれで」

という観右衛門が、店の潜り戸の奥に消えるまで見送った。

小舟で新兵衛長屋に戻ったとき、木戸口に住人たちの姿は消えていた。それぞれの部屋に戻り、明日の暮らしのために就寝の時を迎えようとしていた。

小籐次が木戸外にある大家の家を見たとき、その戸口からお麻らしい影が出て、小籐次のところに来た。

「赤目様、真にありがとうございました」

お麻は深々と腰を折って礼を述べた。どうやら、お麻は小籐次の帰りを待っていた様子だ。

「新兵衛どのは痛ましいことである、先々ご苦労とは存ずるが、大切になされよ。久慈屋の大番頭どののもできることはすると申しておった」

「有り難う存じます。私どもといっしょに暮らすことになろうかと思います」

「それがなによりと思う」

と答えた小籐次は、小さな疑問を尋ねてみた。

「新兵衛どのは、品川の浜になんぞ大切な思い出でも残しておられるのであろうか」

お麻が小さく身を竦ませた。

「答えたくなければ忘れてくれ」

「勝五郎さんにも聞かれ、なにも知りませんと答えました。赤目様、お父つぁんは私が知らないと思っていました。ですが、私は承知しています」

「……………」

「わたしの死んだおっ母さんは品川宿のお女郎だったのです。お父つぁんは客としておっ母さんと知り合ったのです。記憶を失《な》くしたお父つぁんは品川の浜になにを探しにいったのでしょうか」

小籐次は記憶がすべて消え去った新兵衛の頭に残った思い出の断片が、かえって切なく哀れだと思った。

「お麻どの、新兵衛どのを大切にな」

と重ねて小籐次は頼んだ。

「どんな父親《てておや》でも父親に代わりはございません」

お麻の答えに頷き返した小籐次の耳に、新兵衛の嬉しそうな高笑いが響いてきた。それはもはや常軌を逸した者の笑いだった。

暗い堀留の岸でお麻と小籐次は顔を見合わせ、お麻はどぶ板を踏んで父の許に走り戻っていった。

それから半刻後、小籐次の部屋の灯りが消え、新兵衛長屋はようやく眠りに就いた。さらに半刻後、小籐次がそっと長屋を出て、裏河岸に向い、小舟の舫いを外して静かに堀留を出ていった。

長屋の連中が、小籐次の姿がないことに気付いたのは次の日の夕方であった。

その未明、新兵衛長屋を密かに出た赤目小籐次は水行で大川を上り、小舟を千住宿問屋場前に着けた。そのとき、朝が明けようとしていた。

小籐次はまず石源の親分に挨拶をして、小舟を預かってもらうことにした。小舟の始末は手先の周次が引き受けて、問屋場の船着場に舫うことになった。

その足で、小籐次は千住宿の飛脚宿も兼ねた大旅籠の中屋に投宿した。すでに久慈屋から連絡が入り、旅の荷も到着していた。

久慈屋昌右衛門と手代浩介は旅仕度ではなく、まるで芝界隈に御用に出る主従の身形《みなり》で店を出て、途中で駕籠を拾い、千住宿に先行した小籐次と中屋で落ち合う手筈《てはず》になっていた。

すべて一首千両や追腹組の刺客のことを考え、久慈屋の大番頭の観右衛門と小籐次が相談した手筈だった。

朝餉を食した小籐次は部屋に上がり、仮眠した。

昼過ぎに目を覚ました小籐次に、旅籠の番頭が、

「お客人、主の中屋六右衛門が挨拶に伺いたいと申しておりますが」

と廊下で言った。

「主どのとな」

飛脚屋兼旅籠を営む中屋は千住宿でも一番の商人だ。むろん、旅籠には飯盛女などおいていない。

江戸と常陸を繋く往来する久慈屋の定宿《じょうやど》であった。だが、小籐次には中屋の主に挨拶を受ける覚えがなかった。

「わしが下に下りよう」

「ならば、帳場にお出でください」

小籐次は厠に行き、寝乱れた髪を濡れた手で撫でつけて階下に下りた。

中屋の帳場はでーんとした黒光りのする大黒柱が通った座敷で、中屋の千住での威勢を十分に示していた。

六右衛門は顔の肌のつやつやした老人だった。

「赤目様、中屋六右衛門にございます」

六右衛門は相好《そうごう》を崩して、どことなく親しげだ。

「久慈屋様と赤目小籐次様がご入魂《じっこん》のお付き合いとは知りませんでした。中屋に逗留頂き、なんとも光栄なことにございます」

六右衛門の丁重な挨拶に、小籐次は首を傾げるばかりだ。

その訝しい表情に気付いた番頭が、

「赤目様、うちの主は三年前の文化十二年に還暦を迎えましてな」

「ご長寿おめでとうござる」

「その折、江戸から狂歌師の大田南畝《なんぽ》様やら画人の谷文晁《ぶんちょう》様やらを招き、酒合戦を催して祝いました」

「おおっ、聞いたことがあった。こちらが千住酒合戦の舞台であったか」

「赤目様」

主が番頭に代わり、身を乗り出した。

「柳橋の万八楼の大酒の会に私も参りましてな、赤目様の見事な飲みっ振りを人陰から拝見しました。確かあのときは、芝口の鯉屋利兵衛《こいやりへえ》様が三升入りの塗杯で六杯半、赤目様が五杯にございましたな」

「なんと旦那様、この赤目様は一斗五升を鯨飲《げいいん》なされましたか。うちの酒合戦の勝者の七升五合に驚いておりましたが、上には上がおられるものですな」

「主どの、番頭どの、お恥ずかしい話にござる。わしはその大酒で奉公をしくじった」

「なにっ、奉公を辞されましたか」

「今では久慈屋どのの親切にすがって生きておるところよ」

「赤目様、今宵は四斗樽を用意しますでな。存分にお召し上がり下さい」

「主どの、此度の道中、ちと仔細があってのこと、酒は控えるつもりである。どうかそのようなことはご放念下され」

「それは残念、ならばこう致しましょう。お帰りの際、四斗樽でお迎えします」

「御用は久慈屋どのを無事に店に送り届けて果たせたといえよう。此度はまあ、遠慮致す」

「久慈屋の旦那もそう話の分らぬ人ではございませぬ。私がな、今宵掛け合います」

と六右衛門は張り切った。

久慈屋昌右衛門を乗せた駕籠と手代の浩介が中屋に到着したのは、七つ（午後四時）の刻限だ。

江戸でも名代《なだい》の紙問屋の主の到着に六右衛門自らが出迎えた。

「久慈屋さん、すでに赤目様はご到着ですぞ」

「おお、そうでしたか」

「名高き酔いどれ小籐次様がうちに逗留なさるというのに、この道中の間、酒は絶っておると素っ気のない返事でしてな。千住酒合戦を催した中屋六右衛門の面目丸潰れ、久慈屋さん、なんとか赤目様にうんと言わせて下され」

と、六右衛門の頭にはそのことしかないらしい。

「中屋さん、ほどほどなれば、なにも赤目様もお断わりする謂《いわ》れもございますまい。ですが、大酒はいけませんよ」

「四斗樽はお預けですか。残念至極にございますな」

中屋の玄関先で交わされる会話を、小籐次は土間で聞いて苦笑いした。

「赤目様は大酒にてお屋敷奉公をしくじられたというし、久慈屋さんに愛想尽かしされてもいけませぬな。まあ、今宵はほどほどに致しましょうかな」

六右衛門はいつまでも未練がましく言い、自らも夕餉の席に出る心積もりのようだった。

ようやく昌右衛門と浩介が濯ぎの水で足を洗い、二階の二間続きの座敷に通された。二階の窓の下を千住一丁目から五丁目まで分れた表通りが走っていた。

道中は、千住宿の外れで日光道中と水戸佐倉道に分岐した。

「久慈屋さん、湯が沸いたところだ。新湯《さらゆ》のうちに入って下さいな」

六右衛門は付きっ切りで世話をやく様子だ。

「ならば湯をもらいますかな。他のお客様のこともございます。三人一緒に入りましょうぞ」

と誘ったが、浩介は旅仕度を点検しておきたいからと、主と一緒に湯に入ることを遠慮した。

昌右衛門と小籐次の二人は、階下の湯殿に下りた。

「赤目様と湯に入るのは、箱根の芦の湯二子屋以来ですな」

昌右衛門は二人が知り合う切っ掛けになった箱根の思い出を持ち出した。

「なにやら、遠い昔のような気が致します」

「そう言えば、私どもが知り合ってまだ一年にもなりませんな」

洗い場で互いの体を流し合った昌右衛門と小籐次は、新湯に身を浸した。

「赤目様、大番頭に聞きましたが、二番籤が現れたそうではございませぬか」

「この道中にさような者が姿を見せぬことを祈っております」

「赤目様の来島水軍流を見たいような、恐ろしいような、なんとも複雑な気持ちです」

「久慈屋どの、そのような者は出ぬにこしたことはない」

と答えた小籐次は話題を変えた。

「新兵衛どのはどうしておられます」

「今朝方、うちの出入りの蘭方医《らんぽうい》を新兵衛の許に差し向けましたがな。まず回復することは難しいとの診立てでした。うちの家作の差配を二十数年も務めてきましたが、まさかこのようなことになろうとは」

昌右衛門も困惑の様子だ。

「医師は、病の進行をどれだけゆっくりとしたものにするか、こればかりは医師の力ではどうにもならぬと申したそうです」

「医者でも手の施しようがないということですか」

「娘や孫に囲まれてのんびり暮らせば、今の状態《さま》が幾分でも長く続こうと申しております」

「となれば、お麻さんの長屋に引き取られることになりますか」

「そこですよ、赤目様」

と昌右衛門が声を張り上げた。

「お麻の長屋は九尺二間の狭さです。夫婦と子の三人暮らしに新兵衛が加わったのでは身動きもつきますまい」

小籐次は、お麻が父親の新兵衛を引き取るといっても簡単ではないことに気付かされた。

「どうしたもので」

「大番頭さんに言い残してきました。お麻は赤目様がおられる長屋で生まれ、育ったのです。長屋のことならなんでも承知です。そこでねえ、お麻にその気があるのなら、お麻と亭主と子供が新兵衛の家に引っ越してくる。差配の家なら、三部屋に狭いが庭もある。お麻の一家が新兵衛の面倒を見ながら暮らせないこともない」

「久慈屋どの、差配の仕事をお麻さんにさせようといわれるか」

「亭主は錺職人だと聞きました、家でできない仕事ではありますまい。親方に相談して、家で仕事ができるのなら、新兵衛がこなしていた差配を夫婦で続ければいい。ちと貫禄には欠けましょうが、町奉行所に呼び出されたときなどはうちで後見します」

と昌右衛門が言い切った。

「久慈屋どの、それがしからもお願い申す。長屋の住人は新兵衛さんの行き先を案じておった。元どおりに芝口新町で暮らせるのならそれが一番だ」

「まあ、落ち着くところに落ち着きましょう」

と昌右衛門が答えたとき、別の客が脱衣場に入ってきた。

「そろそろ上がりましょうかな。六右衛門さんが首を長くして酔いどれ小籐次様を待っておいでですからな」

と笑った。

二階座敷には小さい菰被《こもかぶ》りが用意されていた。

「おやおや、中屋さんはなにがなんでも赤目様の飲みっぷりを拝見するようですぞ」

「困りましたな」

明日からの旅仕度を点検していた浩介が隣部屋から、

「六右衛門様は、一斗なれば旅に差し障りがなかろうとお持ちになりました」

と苦笑いした。

「まあ、致し方ありませぬな」

とこちらも苦笑いで応じた昌右衛門が、浩介に湯に入ってくるように命じた。

「御免下され」

と女中が姿を見せて、部屋に持ち込まれていた一斗樽を運んでいった。

「おや、見せるだけの菰被りでしたかな」

昌右衛門が小首を傾げた。

なんとなく階下がざわついている気配だ。だが、座敷に膳が運ばれてくる様子はない。そのうち浩介も湯から上がってきた。

「よその部屋は夕餉の膳が出ておりますが、うちはまだですか。ちょっと聞いて参りましょう」

と廊下に出ようとした。すると番頭が姿を見せて、

「お待たせしましたな。久慈屋様と赤目様の膳は下に用意させました。ご案内申します」

と口上を述べた。

三人は番頭に従うしか手はない。

なんと中屋の大広間に久慈屋一行の三人の膳が並び、広間の端には大勢の千住宿の男衆が顔を揃えていた。その中には、石源こと御用聞きの源五郎親分の顔もあった。

羽織袴の中屋六右衛門が、

「いろいろと考えましたがな。江戸で評判の酔いどれ小籐次様をお迎えして、中屋では晩酌も出さなかったでは、千住酒合戦の主人の面目丸潰れにございます。一杯だけでようございます、見事なお手並みを拝見したく、かような席を用意させました」

と挨拶した。

「これは困った」

小籐次は昌右衛門に助けを求めた。

「赤目様、もはや万事窮すでございます。皆様もお待ちだ、一杯だけお召し上がり下さい」

と昌右衛門が言い、

わあっ

という歓声とともに、小籐次の前に大杯が運ばれてきた。

二

水戸街道は江戸の日本橋から御三家水戸徳川家の城下まで、およそ三十里（百二〇キロ）、十九の宿場が置かれてあった。

久慈屋昌右衛門らの仕入れ旅は、改めて一の宿、千住から再開された。

旅は七つ（午前四時）立ちの習いどおりに、一行はまだ暗い千住宿を中屋の主、六右衛門らに見送られて出立した。

水戸藩は二代藩主徳川光圀が、

「天下の副将軍」

と呼ばれて以来、江戸定府《じょうふ》の特権が与えられていた。

将軍家や幕府に未曾有《みぞう》の事件が出来したときの、相談役としての定府であった。

ゆえに参勤交代はなかった。が、藩士の往来がなかったわけではない。藩主定府なだけに、家臣たちは江戸と水戸を頻繁に往来して、連絡を取り合った。そのとき、三十里を二泊三日で踏破するのが習わしであった。

一日十里、江戸の旅の通常の行程である。

水戸街道は、五街道から比べれば格落ちの脇街道であった。だが、天下の副将軍の城下町への重要路。幕府と水戸藩では丹念に街道整備をして、五街道に劣らない道として知られていた。

また水戸徳川家は参勤交代の道として使わなかったが、上総《かずさ》、下総《しもうさ》、常陸が領地の大名家、佐倉藩などがこの街道を使った。

久慈屋らはすでに千住まで江戸から二里ほどを来ていた。残りは二十八里だが、西ノ内和紙で有名な西野内村はさらに水戸城下の先である。昌右衛門らは千住から久慈まで三泊四日を予定していた。

千住宿外れで水戸佐倉道に踏み入れた昌右衛門が、

「いやはや、旅の初日から賑やかなことにございました」

と昨夜の集いを振り返った。

小籐次は大杯で三升ほどを悠然と飲み干し、満座の拍手喝采を浴びた。見物にきた男衆がそのまま戻るわけもない。自らも酒を飲み始め、昌右衛門らは一刻ほどその座に付き合いながら夕餉を終えて、部屋に引き上げたのは四つ(午後十時)に近かったろう。

昌右衛門は一人部屋で、小籐次と浩介は次の間で床を並べて寝た。

「旦那様、皆の衆がお帰りになられたのは九つ（零時）に近い刻限でした」

と浩介が言う。

「浩介どの、それがしの鼾《いびき》で寝られなかったのではないか」

小籐次はそのことを気にした。

「いえ、それどころではございません。私まで酒の相伴《しょうばん》に与《あず》かり、ぐっすり眠り込みました」

「ならばよいが」

「楽しい旅になる辻占《つじうら》ですよ、赤目様」

昌右衛門が笑った。

「そうありたいものです」

と答えた小籐次は、

「今宵の宿はどちらにございますか」

と聞いた。

水戸街道は初めての小籐次だ。だが、昌右衛門、浩介主従は仕入れ旅で往来し、熟知していた。

「水戸のご家臣方は江戸からおよそ八里の小金宿で一泊なされますがな。私どもは千住からの旅立ちです、今宵の泊まりは小金の先の我孫子《あびこ》宿辺りでしょうかな。いえ、どこで泊まろうと、この街道なれば知り合いはございます」

夜が白々と明け始めたのは、柴又の帝釈天《たいしゃくてん》あたりだ。

「帝釈天は江戸の飢饉《ききん》やら浅間山の噴火があるたびに流行るお寺さんです。江戸の人間は、怒りの形相もの凄く、悪い奴ばらを睨み倒す帝釈天に厄除けを願ったのですよ。庚申《こうしん》の日を縁日としましてな、その夜は千住から柴又まで提灯の灯りが絶えません」

紙問屋は神社仏閣と縁がある商いだ。御幣《ごへい》など紙を多く使うのが寺社だからだ。それだけに江戸内外の神社仏閣にくわしい昌右衛門だった。

江戸川で一行は渡し舟に乗った。

柴又の対岸は下総松戸宿下矢切《しもやぎり》だ。

相客は松戸へ渡る担ぎ商いやら旅の者だ。

川面から朝靄《あさもや》が薄く立ち昇り、小籐次の目を洗うと同時に、心地よく残っていた酒っけを吹き飛ばしてくれた。

「気分爽快にございますな」

渡し船が下矢切に着くと、船客たちが順に下りた。艫近くに座った昌右衛門一

行は最後に渡し船を下りた。交代で柴又に渡る客の群れから、

「おや、久慈屋さん。仕入れ旅にございますかな」

と土地の古老か、一人の老人が声をかけてきた。

「これは矢切の名主さんではございませぬか。お察しのとおり、久慈まで御用旅です」

「今日は旅日和です。気をつけてお行きなさい」

「有難うございます」

昌右衛門と古老が短く言葉を交わして、昌右衛門らは土手を上がった。

千住から松戸宿まで三里六町（およそ一二キロ）だ。だが、この間に中川を新宿の渡しで、さらには江戸川を矢切の渡しでと、二度ほど船の出立を待たねばならず、それだけ時間を要した。

この近くは利根川、江戸川筋と複雑に河川が入り組んで流れていた。

江戸幕府はこの川筋に十六の渡し場を設けて、決められた渡し場以外の渡船を禁じた。とくに国境である松戸の渡しには御番衆が配置され、厳しい取締りがなされていた。むろん、それは江戸から出る女衆と、鉄砲など火器類を府内に持ち込もうとする入鉄砲に取締りの眼目が置かれた。

久慈屋の男連れ三人はなんの問題もない。

「久慈屋ではないか。商いか」

と川役人の長が昌右衛門を見て、声をかけてきた。

「色川様、ご苦労様にございますな」

色川と呼ばれた御番衆の目が小籐次にいった。

「私の知り合いにございましてな。旅のお供を願っております」

「近頃、水戸街道も物騒ゆえ、用心に越したことはないが」

と言いながら、色川は小籐次の矮軀を、

(これでまさかの場合役に立つのか)

という表情でじろじろと見た。

「色川様、ご不審ですか」

「いや、その……」

「まさかのときは役に立つまいと、その目は申されておりますな」

「忌憚《きたん》なく申せば、ちと用心棒にしては年を取り過ぎておるとな、不躾《ぶしつけ》にも考えた」

昌右衛門が嬉しそうに微笑《ほほえ》んだ。

「色川様、この方のお名前を聞けば得心なされますぞ」

「ほう、どなたかな」

「赤目小籐次様の名に覚えはございませぬか」

色川の目が大きく見開かれ、

「ま、まさか、赤穂藩など四家の行列の御鑓先を拝借した武人ではあるまいな」

「はい、そのとおりにございます。それに玉川上水の小金井橋で十三人斬りをなされた猛者にございます」

「驚いた。これは驚いた」

「色川様、人は見かけによらぬ喩え、侮《あなど》ってはなりませぬぞ」

と嬉しそうに言った昌右衛門が、

「色川様、江戸にお戻りの節は久慈屋に顔を見せてくださいな」

と江戸でも名代の豪商の威勢を示して、関所を後にした。

一行が昼餉のために足を止めたのは、小金宿だ。

問屋場の隣りに、

「水戸街道名物風早《かざはやう》饂飩《どん》」

の看板を掲げた老舗《しにせ》の食い物屋に昌右衛門が入り、日が差す庭の一角に置かれた縁台に腰を下ろした。そこには二輪三輪と紅色の早梅が咲いて、辺りに香気を漂わせていた。

「赤目様、私はことのほか、この風早饂飩が好みでしてな。この街道を往来するたびに食して参ります」

と昌右衛門が小籐次に説明をしていると、腰の曲がった老婆が姿を見せて、

「おや、久慈屋の旦那。久しぶりだねえ」

「おさだ婆様も壮健そうでなによりです。また寄らせて頂きました。饂飩をな、馳走して下されよ」

「はいはい」

腰は曲がっていたが矍鑠《かくしやく》とした老婆で、どうやら風早饂飩の看板婆様らしいと小籐次は推量した。

「風早饂飩の風早は小金宿の古名でしてね。この界隈を下総の豪族千葉氏が支配なされていたことに由来します。この千葉氏、源頼朝公が平家に対して挙兵し、石橋山の戦に敗れて、安房《あわ》に逃れた折、その陣に馳《は》せつけ、敗軍の頼朝公を支えた剛毅《ごうき》な武士にございますよ」

と昌右衛門の知識は尽きなかった。

「おおっ、忘れるところであった。浩介、赤目様に酒を頼みなされ」

と命じた。

「あいや、久慈屋どの。昼間は遠慮申す」

「そうですか。赤目様なれば一升くらいの酒は元気の源にございましょうに」

と残念そうな昌右衛門だった。

饂飩が運ばれてきた。

出汁《だし》は房総の鰯《いわし》の煮干などでとられたとみえて、ほのかに魚の香りが漂ってきた。薬味はたっぷりの白髪葱《しらがねぎ》だ。それを腰の強い饂飩に乗せて食べると、昌右衛門ではないが、

「頬が落ちる」

ほどに美味だった。

「なんとも美味《うま》い」

「街道一の饂飩にございますよ」

三人はお代わりして二杯ずつ饂飩を食した。若い浩介などもう一杯は食べられそうな顔付きだ。昨夜、遅くまで酒を飲んでいたせいで、朝餉をそこそこに切り上げた三人だ。千住から歩いて胃の腑が活発に動き出していた。

「おさだ婆様、言わずもがなだが、風早饂飩はいつ食べても絶品です」

「久慈屋の旦那は世辞がうまい」

「なんの、世辞を言う久慈屋ではありませんぞ」

昌右衛門は浩介に、饂飩代の他に十分な心付けを払うように命じた。

小籐次は満腹に、

(二杯目は余計であったな)

と思いながらも、草鞋《わらじ》と菅笠の紐を締め直した。菅笠の後ろには手製の竹とんぼが一本差し込んであった。

「お待たせしましたな。我孫子まで二里と二十一町(約一〇キロ)。まあ、七つ(午後四時)前には宿に入れましょう」

饂飩代を支払った浩介が姿を見せて、街道に戻った三人は我孫子宿を目指した。

浩介の背の風呂敷包みはかなりの重さがあると見えて、時折、緩む風呂敷の結びを締め直した。小籐次はその中身が、

「紙の仕入れ代金」

と見た。おそらく五百両は下るまい。小籐次が旅に同行する理由であろうと察していた。

小金宿を出ると、街道の両側は馬の放牧地であった。小金牧の原野は幕府直轄の御牧場であったのだ。

水戸街道はなだらかな原の間を緩やかに蛇行し、上り下りしながら続いていた。そのせいか、馬を引いた男たちとすれ違ったりした。また水戸藩の家臣たちが江戸を目指す姿が、足早に小金宿へと消えていった。

一行が、若い武家娘を連れた老武士と若党、それに女中を加えた四人連れに追いついたのは小金と我孫子の中間辺りか。

「姫、お足はいかがですか」

老武士が声をかけるのが三人の耳に入った。十六、七歳か、愛らしい娘は健気《けなげ》にも、

「肉刺《まめ》など痛うない」

と答えていた。

辺りには、駕籠も馬も見付かりそうにない小金牧だ。気の毒に思った昌右衛門が、

「なんぞ手伝うことがございますか。肉刺の膏薬《こうやく》を持ち合わせておりますがな」

と老武士に声をかけた。

「かたじけない。先ほど薬を塗り込んだばかりだ。我孫子宿まで参れば、駕籠も馬も雇えよう」

「明日からは、そのほうがよろしいかと存じます」

昌右衛門が足を緩めたせいで、小籐次と浩介が後から従う恰好になった。

「我孫子宿でお泊まりですかな」

「そのつもりじゃ」

老武士は昌右衛門らが声をかけたことで、どこかほっとした様子が見えた。

「私は、江戸芝口橋で紙問屋を営む久慈屋昌右衛門にございます。西ノ内和紙の仕入れに水戸御領内西野内村に参るところです」

「おおっ、久慈屋の主か」

身分を明かされて、さらに安堵した様子の老武士が、

「われらは水戸藩前之寄合久坂華栄《かえい》様息女鞠姫《きくひめ》様と供のものでな。それがしは久坂家の用人津村玄五郎と申す」

前之寄合という奇妙な職階は、水戸藩の重臣の役職の一つであった。

「鞠姫様、旅は道連れと申します。我孫子宿までご一緒させていただいてもようございますか」

「久慈屋と申したか。わらわの足を気にしての同道痛み入ります」

鞠姫はしっかりした挨拶を返した。

「津村様、姫様のお許しを頂きました」

「いや、途中で日でも落ちたらどう致そうかと考えておったところだ」

「江戸からの出立ですかな」

昌右衛門は、女連れでそのようなことはあるまいと思いながらも聞いた。

「松戸にちと御用があってな。ついゆったりとした出立が響いた」

と津村が苦笑いした。

昌右衛門と津村が話しながら数町も進んだか、先頭を行く若党が、

「用人様、馬が雇えるかもしれません」

と声を張り上げた。

街道が緩やかに曲がり下ったところに一里塚の松が植えられ、その根元に腰を下ろした馬方が一人煙草《たばこ》を吸っていた。

「おおっ、あれは先ほどわれらを追い抜いていった馬子《まご》だな。助かった」

小籐次は、松の背後に馬を一時囲い込む馬場と小屋があるのを認めた。

「馬方、我孫子まで雇えるか」

津村が声をかけた。

すると、煙管《きせる》を一服した馬方が、
ふーうっ
と口から煙を吐き、

「なんだえ。連れができたか」

と横柄《おうへい》にも呟いた。

その声が合図のように、小屋の中から怪しげな風体の男たちが手に手に短槍やら長脇差を持って姿を見せた。

「茂作、女二人に爺と若党ではなかったのか」

髭面の頭分は革の袖無しに裁っ付け袴を穿いて、腰に黒塗りの大小揃いを差し落としていた。浪人崩れか。

「その方ら、何者だ」

津村が声を張り上げた。

「見てのとおりの街道荒らし。女二人に爺と若党というので網を張っていたが、連れができたか」

「頭、手代の背にはかなりの金子が入っていると見たがねえ。一緒に始末しちまおうか」

「よかろう」

津村が、

「おのれ、水戸家の前之寄合久坂様のご息女に狼藉《ろうぜき》を致すと申すか。年をとっても腕には年をとらせぬぞ」

と津村が抜刀し、若党も剣を抜いた。

「津村様、この場はお任せ下さい」

昌右衛門が言い出し、

「久慈屋、多勢に無勢、油断するでないぞ」

と津村老人が自らを鼓舞した。

「お怪我があってはなりませぬ」

昌右衛門の言葉に、小籐次が初めて一行の後ろから街道荒らしの前に姿を見せた。

「爺侍の新手《あらて》が現れたぞ」

馬方の茂作が嘯《うそぶ》いた。

「おまえさん方、逃げるのなら今のうちです」

昌右衛門が街道荒らしに静かに言いかけた。

「爺侍が一人増えたところで、なんの手間があろう」

「お名前を聞いて、そう言えますかな」

頭分が悠然と柄に手をかけた。

小籐次はただ静かに、その前に立っているだけだ。

「このお方は赤目小籐次様、またの名を酔いどれ小籐次。去年の春、西国の大名四家の行列にお一人で斬りかかられ、御鑓先を切り落とされた武芸者にございます」

「な、なんと」

酔いどれ小籐次の名は水戸街道にも伝わっていると見えて、頭分が目を剝《む》いた。

「この爺が酔いどれ小籐次だと。そんな馬鹿なことがあるものか」

茂作が松の根元から立ち上がった。

「小金井橋十三人斬りの腕、お試しなさるか」

昌右衛門の言葉に、茂作が頭分を見返る振りをしたと思ったら、背を丸めて小籐次の懐に飛び込んできた。その手には、いつの間に抜いたか匕首が煌《きらめ》いて翳されていた。

小籐次はその動きを予測していたように腰を沈めると、次直二尺一寸三分を抜き放ち、車輪に回した。

刃が光へと変じた。

茂作の胴が斬り割られ、茂作はもんどり打って転がった。

次の瞬間、小籐次の目は頭分が剣を翳して、上段から叩きつけてくる動きを見ていた。

虚空で、

きらり

と刀身を煌かせた次直が翻され、相手の剣が弾《はじ》かれた。頭分は、たたらを踏むように小籐次のかたわらを走り抜けようとした。

くるり

と反転した小籐次が、

「的はこちらだ」

と言いかけると、頭分も必死で身を翻した。

間合いを小籐次がすすっと詰め、次直が肩口に落ちて、袈裟《けさ》に斬って落とされた。

びくり

頭の五体が硬直し、次の瞬間には、
ずずずーん
と地響きを立てて転がった。
「次はだれか」
小籐次の言葉に、残った街道荒らしが意味不明な言葉を喚きながら逃げ出した。
血の匂いが漂う戦いの場に森閑とした静寂が漂い、小籐次の長閑《のどか》な声が響いた。
「鞠姫様、馬の背で我孫子宿まで行けますぞ」

三

この日、我孫子宿で久慈屋昌右衛門の一行は草鞋を脱いだ。また、久坂家鞠姫の一行も同じ旅籠に足を止めた。

この界隈の宿では旅籠、問屋が雲集して、舟運の河岸がある取手《とりで》が賑やかだ。

だが、刻限も刻限。我孫子に鞠姫一行を送り届けると、用人津村玄五郎から同宿を懇願されたのだ。

「これもなにかの縁にございます。相宿をさせてもらいましょうかな」

昌右衛門が承知すると、津村老人が、

「いや、助かったぞ。久慈屋、姫様にもしものことがあれば、この皺腹《しわ》を搔き切っても殿に申し訳が立たぬ。それに小姓頭太田家になんとお詫びしてよいやら」

と昌右衛門らの分らぬことを呟いた。

濯ぎをとり、別々の部屋に入った。

三人になって昌右衛門が、

「私が久慈行きで赤目様に同道願ったには理由がございました。なにかと刀槍の下で争いごとの多い赤目様を旅に連れ出せば、血腥《ちなまぐさ》いこととは無縁の、のんびりした日が過ごせると思ったのです。それがもう……」

と溜息を吐いた。

「それがし、屋敷を出たときから身辺が一変し申した。それもこれも己が選んだ道にござる。好んだわけではないが、一つの殺傷沙汰が次の殺傷を生む、これも宿命《さだめ》と諦めておる」

「まあ、赤目様の殺生は、無辜《むこ》の人を助ける活人剣にございますからな」

三人が宿の湯に入り、座敷に戻ると津村老人が、

「久慈屋、赤目様。改めて礼を申す」

とどこで用意したか、角樽《つのだる》を持参して顔を出した。

「そのようなことは無用に願います、津村様」

「いやいや、姫が直々《じきじき》に礼を申し上げたいと申されるのを引き止め、私一人で参ったのだ。せめて酔いどれ小籐次どのに差し上げてくれぬか」

「弱りましたな」

昌右衛門が小籐次と顔を見合わせ、

「まあ、うちも夕餉に少々の晩酌をと考えておりましたでな。赤目様、鞠姫様のお心遣い、有難く頂戴いたしましょうかな」

「おおっ、これで役目になったというもの」

と答えた津村が膝をさらに乗り出し、

「久慈屋、赤目様。ちと相談がござる」

と言い出した。

「なんでございましょうな」

「本日のようなことがあってはならぬ。真に恐縮じゃが、赤目様に水戸城下まで同道してくれるよう頼んでくれぬか」

ちらりと津村老は小籐次を見た。

「またそれは」

昌右衛門が思いがけない提案に驚き、津村老人が、

「いや、明日からは鞠姫様に駕籠を雇うで、そなた方の足をそう遅らすようなことにはなるまい。そなた方の明日の泊まりはどこかな」

「明日は利根川の渡しが控えてございます。まずは九里ばかり先の土浦か、できればさらに二里先の稲吉《いなよし》宿に辿りつきたいと考えております」

昌右衛門が答えると、

「われらは土浦泊まりを考えておった。姫次第だが、旅は賑やかなほうがよいではないか」

と津村が言い返した。苦笑いした昌右衛門が、

「それにしても津村様、水戸街道は水戸様のお庭のような道中ではございませぬか。明日にもまたなんぞ立ち現れる覚えがございますので」

と訊いた。

「いや、そうではない。本日のようなことが再三あっては、いくら命があっても足りぬわ」

と答えた津村が膝を軽く叩いて、

「此度、松戸に参ったは、久坂家の縁戚がかの地に住んでおられてな。鞠姫様と小姓頭太田様のご嫡男静太郎様の婚儀が相整ったゆえ、ご報告と墓参りに参ったところであった。もしも姫に万が一のことがあれば、久坂家にも太田家にも申し開きのできぬことよ」

「それはおめでとうございます」

「久慈屋、赤目様のお手並みを拝見したら、なんとしても水戸まで同道を願った津村の気持ち分らんではあるまい」

「津村様、そのようなご事情なれば、道中賑やかに参りますか」

と承知した。

「おおっ、助かった」

津村が相好を崩したが、小籐次にはなにやら他に蟠《わだかま》りがあるような気がした。

「差し出がましいが、ちと訊いてようござるか」

小籐次の言葉に津村の顔に不安が過《よ》ぎり、

「なんでござろうか。久慈屋どのの同意を得た今、なんでも訊かれよ」

「用人どの、なんぞ他に懸念はござらぬか」

小籐次の問いに、津村が返答に困った顔をした。根が正直な老人と見えて、それが顔に表れていた。

「津村様、ございますのなら包み隠さず赤目様にお話しなされ。なんぞ起こった場合のはからいが違いますよ」

と昌右衛門も口を添えた。

ふーうっ
と溜息を吐いた津村が、

「話を聞いて、最前の話はなしにしてくれと申されるのではあるまいな」

「主が約定したこと。それがしが違約するなど毛頭ござらぬ」

「こちらも隠すつもりは毛頭ない。じゃが、久坂家の内情に、いや、鞠姫様や他家に関わること、あまり外に知られてよい話ではないのでな」

「津村様、久慈屋昌右衛門は幕府《おかみ》、水戸様を筆頭に、諸大名家と取引のある商人にございます。極秘と申されれば、もとより奉公人の一人までもが口を閉ざす躾を身に叩き込まれております。ここにおられる赤目様はうちの奉公人ではございませぬが、人柄、見識はこの久慈屋が請合います」

そこまで言われて津村が姿勢を正した。

「鞠姫様のご婚儀が整ったと申したな」

「小姓頭太田様のご嫡男にございましたな」

頷いた津村老が、

「太田家は禄高二千六百石、久坂家は二千五百三十石と、まあ釣り合いのとれた家格にございます。なにより静太郎様のお人柄がよろしい。先年亡くなられた七代治紀《はるとし》様、その後を継がれた当代の斉脩《なりのぶ》様にも覚えめでたい若者にございます」

「鞠姫様とはお似合いの夫婦となられますな」

「いかにも。またお二人はお互いを大事に思うておられます」

「どこにも文句のつけようがございませぬな」

津村老がまた溜息を吐いて、話柄を転じた。

「御三家水戸徳川家には、家老を務められる家格が十八家ござる」

「望月、太田、戸田様などお歴々がおられますな」

「さすがに久慈屋、よう存じておる」

「まあ、商人でございますれば」

「その一家、市塚様のご嫡男染之助様が鞠姫様を見初《みそ》められ、久坂家に嫁にもらいたいと申し出られました」

「嫁一人に婿《むこ》二人ですか」

「江戸藩邸育ちの染之助様はすでに出仕なされておられる。ところが、藩邸でも評判の吉原仕込みの遊び人とか、水戸では決して評判がよろしゅうございませんでな。なにより、このお話があったときには、すでに久坂家と太田家の婚姻話が成っておりましたのじゃあ。そこで、うちの殿が市塚様には丁重にお断わりなされた。ご家老は得心なされたそうですが、当の染之助様が市塚家を虚仮《こけ》にしおってと立腹なされた上に、鞠姫様に直《じか》談判すると息巻いておられるとの噂が聞こえてきましたのじゃ。此度の旅も極秘のうちに水戸を出てきたのじゃが、今日のようなこともござる。ちと心配になったところでな」

「ようお話し下さいましたな」

「それにもう一つ、市塚染之助様は御流儀鹿島神道流の免許の腕前です。お酒を飲まれると腕自慢をついなされ、喧嘩沙汰を度々起こしておられてな。これまでは家老の名でなんとか握り潰してこられた経緯がござる」

「それはちと心配な。しかしながら、ご大家のご嫡男が無謀な行動をおとりとも思いませぬ。ともあれ、精々気をつけて水戸まで旅を致しましょうかな」

「いや、これで安心仕《つかまつ》った」

と津村老が昌右衛門らの部屋からようやく辞去した。

「浩介、折角の頂き物です。帳場に届けて燗をつけさせて下さいな」

と角樽を見た。

「赤目様、また難題が生じましたぞ」

「致し方ござらぬ。久慈屋どのの申されるとおり、この一件、まず杞憂《きゆう》に終わりましょう」

と小籐次は返答した。


翌朝、鞠姫の駕籠を中心にして七人の一行がまず向ったのは、坂東太郎と異名をとる利根川の渡し場だ。

徳川幕府誕生以前、利根川は渡良瀬川《わたらせがわ》、荒川とともに縒《よ》り合わさるように流れて江戸の内海に注いでいた。

雨季になるとこれらの川が暴れ川と変じ、下流の平野部をしばしば水没させた。

徳川幕府は、元和《げんな》七年（一六二一）に利根川の東遷に取りかかった。

常陸国古河《こが》付近で渡良瀬川と利根川を合流させ、ここから下流域には新たな川を開削して、我孫子と取手の間を流れる常陸川と結んだのだ。

この大工事には三十年の歳月と莫大な費用を要したが、利根川を銚子の海に流すことで暴れ川、坂東太郎を制したのである。

また、この開削工事は利根川水域に舟運を発達させて、多くの河岸が設けられ、米、鮮魚、塩、煙草などの物産が河岸に集積し、江戸との交易も盛んになっていった。

水戸街道の利根川の渡しで小堀河岸《おおほりがし》に上がった一行は、まず鞠姫のために駕籠を雇おうとした。すると鞠姫が、

「爺、わたしなれば歩いていけます」

と言い出した。

「肉刺が痛みますぞ」

「宿でおなつに治療してもらいました。もう大丈夫です」

鞠姫は供の女中に手当てをして貰ったから心配ない、と言い張った。

「困りましたな。久慈屋一行に無理を言って同行してもらっております。鞠姫様が遅れると久慈屋の道中にな、差し障りが……」

と津村老が困惑の顔をするのを他所に、

「赤目様、ささっ、参りましょう」

と小籐次を呼ぶと、利根川の土手を上がり、取手宿へと向う様子を見せた。

「津村様、鞠姫様の足の具合を見ながら参りましょうかな。なあに、痛みが生じるようなれば、馬か駕籠をその場で雇えばいいことです」

二組の長が協議して全員徒歩行になった。

小籐次は道中で竹藪を見つけ、

「姫様、ちとお待ち下され」

と言うと竹藪に入り、脇差で手ごろな太さの竹を四尺ほどの長さに切り、枝葉を綺麗に払って、鞠姫に差し出した。

「杖をつくと、足の痛みも減じましょう」

「赤目様、有難う」

鞠姫が礼を述べ、津村老が、

「赤目様、この津村にも杖を一本願いますかな」

と頼んだ。

青竹の杖をついた鞠姫と津村の主従は、

「これは楽です」

「おおっ、真に具合がよい。なぜもっと早く気付かなかったかのう」

と言い合った。

改めて七人は徒歩で取手宿に向った。

「赤目様は大名家にお仕えなされていたそうですね」

昨夜、津村にでも聞いたのか、鞠姫が言い出した。

「水戸様とは比べようもない西国の小名にございますよ」

「赤目様のお役はなんでございましたか」

「下屋敷の厩番《うまやばん》でして、用人以下奉公人が虫籠《むしかご》やら団扇やら内職をして暮らす奉公でした」

「虫籠を作ってどうなさるのです」

鞠姫はあくまで無邪気だ。

「姫様、それがしが仕えた藩は、参勤交代の度に路銀の調達に苦労するほどの貧乏藩でして、普段の暮らしもつつましやかなものでござる。虫籠や団扇は商人に売って、屋敷の収入《みいり》にするのです。姫様には想像もつかぬ暮らしぶりでござる」

小籐次は菅笠の縁に差し込んでいた竹とんぼを摑みとると、指先で器用に捻り飛ばした。

竹とんぼはどこからか梅の香りが漂う街道の空を大きく舞い上がり、小籐次たちの行く先の街道に落ちた。

鞠姫が痛い足を忘れて竹とんぼに走りより、拾い上げた。

「これは、赤目様がお作りなされた竹とんぼですか」

「いかにも」

「なんとお上手なこと」

と感心する鞠姫に、昌右衛門が、

「姫様、赤目様は奉公をお辞めになってから刃物の研ぎ仕事で暮らしを立てておられます。刃物の研ぎを注文してくれた客に竹とんぼやら風車を作り、引き物として贈っておられるのです」

と説明した。

「まあ、風車を竹で」

「それが見事なでき栄《ば》えでしてな。そのまま売ってもよろしいくらいです。近頃では引き物を目当てに研ぎに出される客もあるほどです」

「赤目様の風車が舞うところを見てみたいわ」

と応じた鞠姫が、

「赤目様は主君の恥を雪がんと四家の大名行列を襲い、お印の御鑓先を切り落とされたそうですね」

と、小籐次に関心を持ったようでさらに話題を転じて訊いた。

「姫様に尋ねられると遠い昔のことのように思え申す」

「爺は、赤目様のような武勇の士は御三家水戸にもおらぬと申しておりました」

「いえ、それは違いますぞ。水戸藩は文武に優れたお家柄、この小籐次など比べようもなき人材がおられる」

と答えた小籐次は、鞠姫の素直さに惹《ひ》かれて訊いていた。

「鞠姫様は近々ご祝言を挙げられるそうにございますな。おめでとうございます」

「有難う」

「太田静太郎様はどのようなお方ですか」

「お名のとおりにもの静かな方にございます。静太郎様とお話ししているとき、鞠の心は穏やかな気持ちになれるのでございます」

「もう何度もお話しになりましたか」

「静太郎様は鞠のことを二つ、三つの折から承知と申されておられました。兄上に誘われて、久坂の家に何度も遊びに来られていたそうです」

「幼馴染みにございましたか」

「でも、太田家は先代藩主武公《ぶこう》様に従い江戸に行かれて、長いこと鞠と会う機会がございませんでした。この度、太田家から鞠を嫁にと申されてお会いしたとき、この話を聞かされました」

武公とは治紀のことだ。

「鞠姫様、きっとお似合いの夫婦になられますぞ」

「赤目様はそう思われますか」

「間違いござらぬ」

「鞠も思います」

鞠姫の顔が赤く染まった。

「ただ一つ鞠が心配なのは、市塚染之助様と太田静太郎様が顔見知りゆえ、此度の祝言で静太郎様になんぞ迷惑がかからぬかと案じております」

鞠姫はそのことを憂《うれ》いた。

「市塚様は家老のご嫡男とお聞きしました。まず愚かなことはなさいますまい」

話しながらの道中だ。たちまち取手宿に着いた。

「姫、駕籠を雇いますかな」

「爺、このまま歩いて参りたい」

「大丈夫ですかな。牛久宿まで四里はございますぞ」

案じる津村に鞠姫は、

「赤目様手作りの杖があれば心配ございません」

昌右衛門と津村が頷き合い、さらに進むことにした。

利根川の開削は物産の輸送だけではなく、江戸から利根川、霞《かすみ》ヶ浦と雄大な景色を見物にくる物見遊山《ゆさん》の人をこの地に運んできた。

松尾芭蕉も小林一茶も訪れ、土地の俳人たちと交わり、句会を催した。

そんな風光明媚《めいび》な水戸街道を、七人連れは談笑しながらも確実に歩を進めた。

昼餉は牛久宿の先の街道にあった川魚料理の店で食し、一行はさらに土浦を目指すことにした。

一行が予定の土浦宿に到着したのは七つ（午後四時）過ぎの刻限で、鞠姫は自分の足で本日の行程九里を見事に歩き通した。

四

翌日、土浦を出た一行は、霞ヶ浦を眺めながら水戸へと向った。

その周囲、三十四里半（一三八キロ）、琵琶湖に次ぐ大きさであった。古くは印旛《いんば》沼、手賀《てが》沼までつながる入り海であったとか。

「おおっ、これが名高き霞ヶ浦か。広うござるな」

と感心する小籐次に、津村老が、

「赤目様、昔、海だった霞ヶ浦を流海《ながれうみ》と土地の者は呼びましてな。海から途絶された今も藻草が生えておれば、海におる魚も住んでおります。これらの海の幸を暮らしの糧《かて》にする霞ヶ浦四十八津の村々は、互いに入会《いりあい》の漁場を決めて漁をしておりますのじゃ」

と説明してくれた。

流海には白い帆を張った船影が見えた。

「ほう、水戸藩に大きな恵みをもたらす流海ですか」

「それがのう、水戸藩にはちと苦々しい霞ヶ浦でもございますので」

「それはまたどうして」

「霞ヶ浦を領内に持つ水戸を始め各藩では、霞ヶ浦四十八津を自らの領地に組み込んで支配下とし、年貢をとろうとしましたのじゃ。ところが、四十八津の漁民らは平安の昔から下総の香取神社に供物を納めて、漁撈《ぎょろう》や舟運に従事してきたとして、幕府に、霞ヶ浦は入会の海と訴えましてな、幕府はこれを認められた。慶安三年（一六五〇）の昔のことでな、以来、漁法や漁期を定めた八か条を守ることで、四十八津がこの流海を支配しておるのですよ」

「どうりで見る家々の立派なことでございますな」

「各藩には直に恵みはもたらしませぬがな。ほれ、こちらに見える筑波山同様に水戸街道の景観には変わりございませんぞ」

と津村老は大らかな筑波山を指した。

「おおっ、江戸からも高嶺《たかね》がかすかに望める筑波山があれですか」

小籐次にとって初めての関東平野の一角、常陸の風物すべてが珍しかった。

「筑波山は見る刻限によって、山の色を変えます」

「津村様、そのようなことがございますので」

久慈屋昌右衛門も初めて耳にすることとか口を挟んだ。

「久慈屋、ほんとのことだ。朝は藍《あい》色に、昼は緑に、夕暮れは紫にと色を変じる。それゆえ、土地の者は紫峰《しほう》と別称しておる」

と説明した津村は、朗々と和歌を詠じた。

「筑波嶺《ね》の嶺《みね》より落つるみなの河　恋ぞ積もりて淵《ふち》となりける」

津村は、平安時代の陽成院《ようぜいいん》が男体山と女体山の双《ふた》つ嶺の間から流れ出る男女川《みなのがわ》を、人の恋心に託して詠んだと解説まで加えた。

「紫峰は恋の山でもありますので」

「爺は、霞ヶ浦も筑波山もまるで自分のもののように自慢しておる」

と鞠姫が笑った。

筑波山は話題にされているとも知らぬげに、淡い藍色を見せていた。

鞠姫は今日も徒歩で行くと一行に宣言していた。小籐次や昌右衛門と話しながらいくことが、嬉しくてしようがないのだ。だが、鞠姫が加わったこともあって、水戸までおよそ十一里を残していた。

そんな一行を追い抜いていった二人連れの若侍がいた。

鞠姫を知っているのか、二人は何事か話し合いながら足を早めた。

「姫様、本日は昨日よりも二里ほど長い道中ですぞ。足が痛まれるようなれば、早めに馬か駕籠の手配を致さねばなりませぬ。遠慮のう、爺に教えて下され」

「爺、もはや心配ない。久慈屋や赤目様に迷惑をかけぬように歩いていけます」

稲吉宿を過ぎ、府中宿へと向かう道中で夜が明けた。

今日も快晴の旅日和、それが一行の足を軽くしていた。

「府中藩は松平様の御城下でしたな」

小籐次の問いに津村老が頷き、

「松平播磨守頼説《よりひさ》様のご領地ですが、元々は六郷政乗《まさのり》様が一万石で封ぜられて立藩した大名家でございますよ。六郷家が出羽本荘に転封になり、皆川広照様が入封されましたが、その後、継承するお方がおられず廃藩になったこともございました。それを水戸藩連枝の保内《ほない》藩松平頼隆様に新たに二万石を頂き、府中に陣屋を置かれて立てられた藩にございます。ゆえにお城はございません」

「わが森藩と同じく城なし大名ですか」

小籐次は思わず旧藩豊後森藩のことを思い出して言っていた。

「赤目様は森藩にお仕えでしたな。それが御鑓拝借の功名を引き起こしたと聞いております」

森藩の久留島通嘉が城中詰めの間で所領地に城があるなしで、肥前小城藩鍋島直尭《なおたか》らから辱《はずかし》めを受けたことが、赤目小籐次の御鑓拝借の発端であった。

「功名でもなんでもございませぬ。それがし、大酒の催しに出て、殿の参勤下番《かばん》の行列出立見送りに遅れてしもうたのが、奉公をしくじった真因にござる。御鑓拝借は付け足しにござる」

「そう聞いておきましょうかな」

と受け流した津村老が、

「余裕があれば、府中で赤目様をお連れしたいところがあるのだがな」

と残念がった。

「津村様、なんでございますな」

久慈屋昌右衛門が小籐次に代わって聞いた。

「この界隈は水がよくて良質の米を産するところでな、酒造りが盛んなのだ。俗に関東の灘と呼ばれる府中の酒を、酔いどれ小籐次どのに馳走したいと思うたまでだ、久慈屋」

「ほんに府中の酒は常陸一、関八州一と評判の酒です」

一行は府中宿を過ぎた片倉宿で昼餉をとることになった。土浦から六里半を踏破したことになる。

「亭主、府中の酒はないか」

津村老が飯屋の主に聞くと、

「へいへい、ございますぞ。どれほどお持ちしましょうかな」

「水戸まで道中が残っておるでな。一升ほど運んで参れ」

「一升、でございますか。酒器はおいくつ要りようです」

「大杯などなかろう。すり鉢があれば一つでよい」

「すり鉢をお一つでよろしいので。ということは、お一人様がお召し上がりになる」

「つべこべ申さず、早う持って参れ」

津村老に怒られた亭王が慌てて、大徳利とすり鉢を持ってきた。

「赤目様、水戸街道の銘酒をな、召し上がって下され。酔いどれ小籐次どのには一升などほんのお口汚しにござろう」

津村は、なんとしても関東一の銘酒を小籐次に飲んでほしいのだ。

「久慈屋どの、頂戴して宜《よろ》しゅうござるかのう」

「津村様のお心遣いでございます。ご賞味なされ」

その言葉に、飯屋の主がすり鉢を小籐次に差し出した。

「これなれば一升は入らねえことはねえが、一升を一息にな、止めておいたほうがいいがのう」

「黙って注げ」

津村に急かされた亭主が大徳利の栓を抜き、すり鉢に注ぎ込んだ。

とくとく
と小籐次の眼前で酒が注がれていく。

思わず小籐次は笑みを浮かべた。

「この爺様侍はよほど酒が好きと見えるな。おや、すり鉢は一升以上も入るぞ。なにしろうちの大徳利は一升二合は入るでな」

大徳利の酒がすべてすり鉢に注ぎ込まれ、街道の光を受けて、きらきらと波打っていた。

「酒の香がたまらぬ」

呟いた小籐次は、

「頂戴致す」

と言うと、すり鉢を傾けた。

酒がたゆたうように小籐次の口に流れ込み、喉が、
ごくりごくり
と鳴り、胃の腑に滑らかに落ちていった。

なんとも見事な飲みっぷりで、一幅の絵であった。

しばし飯屋の店先は声もなかった。

「驚いた。わしゃ、こんな飲みっぷりをこの歳まで見たこともねえ」

言葉を忘れて呆然としていた津村も、

「姫様、ご覧になりましたか。酔いどれ小籐次様の召し上がり方を」

「爺、赤目様なれば府中の酒蔵ごとお飲みになれます。いえ、霞ヶ浦でも平らげてお仕舞いです」

街道の飯屋に歓声が響き、小籐次は、

「甘露にござった」

と、すり鉢を亭主に戻した。


片倉宿から水戸まで、五里十町（二一キロ）残っていた。

昼前まで軽やかだった鞠姫の足の運びが、小幡《おばた》宿を出た辺りから遅くなった。

水戸城下までまだ四里以上も残していた。

往来の激しい水戸街道だが、馬か駕籠を探そうとなると、なかなか見付からない。

「爺、鞠は歩けますぞ」

気丈にも鞠姫は言ったが、杖に縋る姿が痛々しい。若党が、

「用人、姫様をおぶって参りましょうか」

と言い出したが、

「爺、鞠は歩けます」

と申し出を拒んだ。

「もはや水戸も近うございます。ゆっくり参りましょうかな」

久慈屋が言い、

「そうよのう。そうするしか手はないか」

と鞠姫に合わせ、休み休みいくことにした。

水戸街道は涸沼《ひぬま》に流れ込む涸沼川を渡ったとき、すでに暮れ六つ（午後六時）近く、夕闇が辺りを覆っていた。

「姫、長岡宿に参れば、馬でも駕籠でもございますでな」

全員で鞠姫を励ましつつ長岡宿に入り、小憩をとると駕籠をなんとか雇うことができた。

「やれ、これで安心じゃぞ。久慈屋、迷惑をかけたな」

長岡宿を出たのが六つ半（午後七時）前、提灯を点して最後の二里を一行は進んだ。

黙々とした一行が水戸城下外れ、千波《せんば》湖のほとりに辿りついたのは五つ半（午後九時）の刻限であった。

「久慈屋、相すまぬことをした」

「なんの津村様、楽しい道中にございましたよ」

津村老と昌右衛門が言い合ったとき、小籐次の目がきらりと光った。

若党の提げた提灯は久坂家の家紋入りだ。その灯りの前に出た小籐次は、

「津村様、昌右衛門どの。待ち人がおられるようです」

「お迎えか」

と津村が聞いた。

「いや、どうやら歓迎すべからぬ御仁のようでござる」

一行は歩みを緩めて待ち人の許へ近付いた。

松並木の根元に数人の若侍たちが屯《たむろ》していた。

「家中の方のようですな」

津村老が小籐次と並びかけ、待ち人を見て、

「そこもとら、かような刻限になにを致しておるな」

と尋ねた。

返答はない。

小籐次は、若侍の二人が道中で追い抜いていった者だと気付いた。

「われらは、当家前之寄合久坂家の息女鞠様の一行である」

津村が名乗ると、松の陰からもう一人の若い武家が姿を見せた。

「そなた様は市塚染之助様でございますな」

「いかにも」

若者が横柄に答えた。

「何用にございますな」

「何用とは知れたこと。それがしの申し出、直に鞠姫どのからご返事頂きたい」

「市塚様。すでに久坂家の主からそなた様の父上、ご家老様に返事は通してございます。これ以上は無用にございましょう。また、かような刻限に大勢で待ち受けるなど、家老職の嫡男がなさる行いではございません」

津村老がぴしゃりと言い、

「御免蒙《こうむ》りますぞ」

と足を止めていた駕籠かきに、

「参ろうか」

と命じた。

「市塚染之助と太田静太郎の違いなど、とくと鞠姫どのと話し合いたい」

その言葉に、駕籠の垂れが上がり、鞠姫が顔を見せて、

「市塚染之助様、酒にお酔いか。これ以上の留め立て、無礼に過ぎますぞ」

と言い放った。

「おおっ、そこにおられたか。ちと時を貸してもらおう」

市塚染之助が駕籠に近付こうとするのを、小籐次がその前へ立ち塞《ふさ》がった。

「なんだ、その方は」

「鞠姫様と道連れの爺でな。ちと非礼に過ぎる。そのような振る舞いは水戸様の恥にござろう」

「どけ、どかぬと怪我を致すことになる」

「鹿島神道流の腕前をご披露なさるか」

「うーむ。そのほうなぜそのようなことまで」

「承知かと申されるか。道中で、水戸家の家老の一人にうぬぼれた馬鹿息子がおると風聞に聞いたでな。ほうほう、これがその馬鹿息子かと思い当たったところよ」

からから
と鞠姫の笑い声が千波湖畔に響いた。

「おのれ、許せぬ！」

染之助の怒号に、仲間たちがばらばらと小籐次を囲んで抜刀した。

染之助は一歩下がり、仲間に任せた。

「馬鹿倅どのの腰巾着《こしぎんちゃく》か」

まだ傍らに立つ津村老から竹の杖を借り受けると、

「夜風に頭を冷やせ」

と小籐次が軽く片手で構えた。

六人が互いに牽制《けんせい》するように、横目でちらちらと見合った。

「来ねばこちらから行くぞ」

小籐次の手が菅笠に差された竹とんぼを抜き、指で捻って飛ばした。

ぶうーん
と夜風を切った竹とんぼが、六人の眼前を右手から左へとゆっくりと旋回して移動した。

六人の若者たちは、思わず竹とんぼの動きを目で追った。

その瞬間、四尺の竹杖を手槍のように構えた小籐次が、
ふわっ
と動いた。

竹杖が縦横無尽に振るわれた。

立ち遅れた若侍たちが剣を構え直そうとしたときには、腰や肩や額を痛打され
て地面に転がっていた。

「おのれ、何奴《なにやつ》か」

市塚染之助が羽織の紐を乱暴に解き、脱ぎ捨てた。

「そなたも恥をかくか」

「爺、名乗れ！」

「赤目小籐次にござる」

「赤目小籐次とな」

と染之助が不審な声を上げたとき、津村老人が、

「染之助様、江戸で名高き御鑓拝借の酔いどれ小籐次様が、そなたの相手でござ
いますよ。それでも立ち合われますかな」

と挑発するように言った。

「赤目小籐次とて何事かあらん。鹿島神道流の極意を見せて遣わす！」
と叫んだ染之助が剣を上段に構えた。
小籐次の竹杖が右手に一本、市塚染之助の喉首に向って構えられ、牽制した。
その動き一つで染之助の動きが封じられた。
ううう
と呻き声を洩らしながら、小籐次の隙を探そうとした。さすがに鹿島神道流の免許持ちだ。
「市塚染之助、増上慢《ぞうじょうまん》は目を曇らせ、腕を過信させる因よ。今宵の勝負は内緒にしてやる。以後、身を慎んで水戸家にご奉公せよ」
小籐次の言葉が吐かれた直後、矮軀が動き、市塚染之助の内懐に、
するり
と入り込んだ。
染之助は、
得たり
と上段の剣を振り下ろした。
だが、竹杖の先が染之助の喉を軽く打撃し、その傍らを風が吹き抜けたとき、

市塚染之助は両足を虚空に上げて、背中から水戸街道の路上に叩きつけられて気を失っていた。

第四章　ほの明かり久慈行灯

一

御三家水戸徳川家の居城は北に那珂川《なかがわ》、南に千波湖を配した台地上に築かれ、石垣はほとんどなく、天守閣もなかった。

幕府が徳川家のお膝元、関八州の諸城の石垣や天守を禁じたため、水戸家では率先して手本を示した結果であった。

石垣の代わりに土塁が造られ、二の丸に建てられた御三階物見櫓《やぐら》が天守の役目を果たした。

本丸は台地の東の崖上に、さらにその東に東二の丸が、本丸西に二の丸が、さらにその外に三の丸が配されていた。

東西百十五間、南北六十三間と称された城郭は、元々は鎌倉時代の初めに馬場資幹《すけもと》が築いた平山城だ。

水戸藩重臣前之寄合の久坂家は南御門を入ったところ、南の三の丸のほぼ中央にあった。

久慈屋昌右衛門らは鞠姫の一行を門前まで送り届け、用人の津村老が閉じられた門を叩き、

「今晩は当家に投宿していってくれ」

と何度も懇願するのを、

「明日も早い旅立ちにございますればご遠慮申します。それに定宿に今晩の宿泊を知らせてございますれば」

と昌右衛門が応じて、屋敷門前で踵《きびす》を返すことにした。

「お待ち下さい。久慈屋、赤目様」

辻駕籠から降りた鞠姫が、

「所用の旅ゆえ、無理にはお引き止めいたしませぬ。なれど、父上や母上も此度の礼を申し上げたかったと残念がるはずにございます。帰路には、ぜひわが屋敷に立ち寄って下さい。鞠はこのような楽しい旅は初めてにございました」

と名残惜《なごり》しげに挨拶した。

「私どもも楽しい道中にございました。姫様、太田静太郎様とのお幸せを願っておりますぞ」

「久慈屋、よいな。ぜひとも久慈からの帰路は赤目様を伴い、屋敷に立ち寄ってくれませぬか」

「姫様、道々赤目様とも相談し、なんとか都合をつけるように致しますでな」

昌右衛門も心を残しつつ挨拶を繰り返す。

小籐次は菅笠の縁から竹とんぼを抜くと、

「鞠姫様、風車はまたの機会にお届けしますぞ」

と差し出した。

それを押し頂くように受け取った鞠姫が、

「赤目様、必ずや風車をな、鞠の許へ届けて下され」

と再会を願った。

門内では鞠姫の帰着に慌《あわただ》しさが増した。

小籐次らは門が開かれようとした久坂家の門前を足早に辞去し、再び南御門を出て町屋を目指した。

すでに刻限は四つ（午後十時）を過ぎていた。

「赤目様、えらい道中になりましたな。一日二日を急ぐ御用旅ではございませんが、これ以上遅くなるのも西野内の仕入れ先の都合もあります。迷惑をかけることになります」

と苦笑いした昌右衛門が、

「今晩、水戸城下の旅籠を起こすのも恐縮にございます。赤目様、ものは相談ですがこの足で久慈への街道へ抜けませぬか」

と夜旅を提案した。

「それがしは一向に構わぬ。昌右衛門どのは大丈夫ですかな」

「なにやら気が高ぶって、このまま旅籠の床に入っても眠れません」

と昌右衛門が言い、そなたは大丈夫かという顔で、背に荷を負った浩介を振り返った。

「旦那様、私なれば心配ございません」

「ならばこのまま道中を続けましょうぞ。なあに、疲れれば休み休み進めばいいことです。明日の昼前には西野内に着きます」

昌右衛門は道中羽織の紐を結び直し、草鞋の紐も締め直して夜旅に備えた。

「旦那様、灯りをもらってくるとよかったですね」

と浩介はそのことを気にした。

「月明かりもあります。茂木《もてぎ》街道ならば目を瞑っても歩けます」

三人は水戸の城下を抜けると、那珂川の西側をひたすら上流へと並行して伸びる茂木街道に出た。

夜半の街道を、三人は月明かりを頼りに黙々と歩く。

昌右衛門は父祖の地が近付き、元気が出たようだ。

浩介も何度も往来した道中、迷う様子もなく先頭に立った。

小籐次だけが、どこを歩いているのか分らないまま、西北に進んでいた。

夜明け前、那珂川の流れの縁に出た。

川から朝靄が立ち昇っていた。

「渡し舟はまだにございますな」

「川漁師に頼みましょうかな」

主従が言い合った。

河原では、数艘の川舟が漁の仕度をしていた。

朝靄をついて現れた旅人の姿を見た漁師の一人が、

「おや、久慈屋の旦那ではねえか」

と声をかけてきた。

「おおっ、ちょうどよかった。阿波山《あわやま》の父つぁんではございませんか。いかにも久慈屋昌右衛門にございますよ。西野内に戻る道中じゃがな、夜旅をする羽目になりました。向こう岸まで舟を出して下さらぬか」

「直ぐにも仕度をしますでな。小屋で茶など飲んで待って下せえな」

河原には小屋があって、火が熾っていた。

「作次よ、久慈屋の旦那方に渋茶を馳走せえ」

と小屋にいた若い衆に阿波山の父つぁんが命じた。

三人は河原で顔を洗い、小屋に戻ると、無口な若い衆が縁の欠けた茶碗で茶を供してくれた。

「頂戴致す」

小籐次たちは熱い茶を喫した。土浦宿から通しで歩いてきた喉は、からからに渇いていた。そのせいか、茶がすこぶる美味に感じられた。

「おおっ、茶の甘いこと。体を動かした者でないと味わえぬ甘露ですよ」

三人が一碗の茶をしみじみと喫し終えた頃合、

「久慈屋の旦那、舟の仕度ができたぞ」

と阿波山の父つぁんが叫んだ。

日が朝靄を蹴散らすように上がり、漁師舟に乗った三人は、川風を気持ちよく受けながら一時の休息を舟中でとった。

那珂川は雨も降らず穏やかな流れを見せていた。老練な川漁師の竿捌きで、たちまち向こう岸に舟が着けられた。

「父つぁん、助かりました」

昌右衛門が茶代と渡し賃に一分を渡した。

「旦那、朝っぱらのひと仕事にしては法外だ」

「仏壇に花でも供えて下されよ」

「細貝の大旦那によろしく伝えて下さいな」

「承知しました。また帰りに世話になるかもしれませんぞ」

「いつでも呼んで下せえよ」

東の空が白み、一行は野良道を再び北を目指す。

「赤目様、うちの先祖が西野内の紙を持って江戸に初めて売りに出たのが延宝三年（一六七五）と申しますから、ただ今から百四十余年前のことにございますよ。

初代の昌右衛門が、まだ名の知れぬ久慈紙を苦労して売り歩いたのが久慈屋の起こりです。この紙が江戸に知られたのは、なんと申しましても水戸の二代の光圀公が『大日本史』にこの紙を使い、江戸の内外に西ノ内和紙が丈夫な上に保存が利き、さらに水に強いと宣伝これ努めてくださったお蔭です。老公には、また西ノ内和紙と名前まで決めて頂いたのです。初代が江戸に店を開いて、二、三十年後のことでしてな。細貝家も久慈屋も、光圀公には足を向けて寝られませぬ」

　と昌右衛門が話しかけた。

「昌右衛門どので何代ですかな」

「私で七代にございます。今の芝口橋に店を構えたのが三代目ですから、その頃から久慈屋の商いも、まあなんとか江戸で名前が通るようになったということでしょうか」

　久慈屋は七代で巨万の富を稼ぎ、その金子を大名家や大身旗本に融通して、御城の内外に強い影響力を持っていることを、小籐次は御鑓拝借騒ぎ以来、身をもって承知していた。

　那珂川を渡って一里も進んだか、三辻に出た。

「水戸と西野内を結ぶ街道ですがな、この道を来るとすれば、那珂川を下流で渡らねばなりませぬ。あの刻限に舟を探すのは無理なので、茂木街道を参りましたのじゃあ」

しばらく進むと、旅人を相手の一膳飯屋が暖簾を掲げたばかりで竈《かまど》の煙が上がっていた。

「赤目様、浩介、朝餉を食していきましょうか。昨夜は食べそびれました。腹も空《す》かれたでしょう」

三人はよしず掛けの店に入り、縁台に腰を下ろした。

婆様と孫娘の二人で一膳飯屋を営んでいるようだ。

「徹夜で歩いてきました。婆様、なんぞ三人に食べさせて下され。それとな、まず酒があれば大丼でお願いしましょうかな」

「酒は濁《にご》り酒じゃが、よいかのう」

昌右衛門が小籐次を見た。

「濁り酒、好物にございます」

小籐次の返答に、

「この小さな侍が酒好きだかねえ、旦那」

「そういうことだ」

婆様が奥へ下がった。

小籐次は昌右衛門の健脚に驚かされていた。土浦からおそらく二十里以上は歩き通し、それも夜旅をしながら平然としていた。

そのことを告げると、

「久慈屋では、主も奉公人もまず若いときは西野内村と江戸を何度も往復して商い修業を叩き込まれます。商いの基は歩くこと、能書きを垂れるでない、算盤玉《そろばん》ばかりに左右されるでないと、これが久慈屋の商是でしてな。まず体を作り、厳しく鍛えられます。私も先代に、江戸と西野内四十数里を不眠不休で歩き通すことを最初に叩き込まれました」

「久慈屋どのが、そのような修業をな」

と小籐次が感心したとき、濁り酒を孫娘が運んできた。

「それがしだけ頂戴するのは気が引ける」

「赤目様、私も浩介もここで飲んだら眠り込んでしまいますよ。今日の夕餉には存分に飲ませてもらいましょう」

「ならば遠慮のう頂く」

大丼を両手に抱えた小籐次は、両目を瞑って酒の匂いを嗅いだ。一瞬の至福を脳裏に描き、目を開いて丼に口をつけた。あとは勝手に濁り酒が胃の腑に落ちていく。

「こりゃ驚いた、魂消《たまげ》た。この爺様侍、えらいちっこいが酒は底なしかな」

と婆様が仰天の声を張り上げた。

「婆様、相すまぬことじゃが、味わう暇がなかった。もう一杯頂けぬか」

「さと、甕ごと持ってこい」

と婆様が孫娘に命じて、小籐次の傍らに甕が据えられた。

「赤目様、西野内の細貝家まであと二里ほどにございます。それを歩き通せるなれば、甕ごとお飲みなされ」

と昌右衛門が勧めた。

「おまえ様は細貝家のご一族じゃのう。江戸の久慈屋の旦那様じゃあ」

婆様が、細貝の名に昌右衛門がだれか気付いたように叫び、

「お侍、腹も身のうちじゃぞ」

と今度は小籐次を諭した。

「婆様の申されるとおりじゃが、酒を目の前にするとな、つい顔が綻《ほころ》ぶ。喉が鳴る」

「たしかに、おまえ様の蟹のような顔が布袋様の顔に変わったぞ」

小籐次が二杯目の濁り酒を飲み干したとき、朝餉が運ばれてきた。

「久慈屋の旦那よ、山の中のことだ。蒟蒻《こんにゃく》、里芋、椎茸《しいたけ》、牛蒡《ごぼう》の煮しめだが、いいかのう」

「結構結構、馳走ですよ」

膳には煮しめの他に、藁づとに包まれた納豆と大根の味噌汁に麦飯があった。

小籐次は濁り酒を二杯で止め、昌右衛門らと一緒に箸をとった。


茶店の婆と孫娘に見送られ、最後の道程を進むことになった。

江戸から四十数里北にきたせいで、風景も変わり、寒さも厳しくなった。だが、小籐次は濁り酒の陶然とした酔いの中で、辺りの景色を楽しむことができた。

起伏に富んだ一帯を久慈川が蛇行して流れ、それが歩むごとに多彩変幻の景色を創り出していた。

もはや西野内は近く、日も高い。

昌右衛門が、久慈川流域のあれこれを小籐次に説明しながらの道中であった。

「海から遠く離れた山の中ですからな。久慈川で捕れる川魚の鯉、ウグイ、鮎などが馳走でしてな。西野内の紙漉《す》き修業の若い頃は、よく仕事の暇を見ては川に浸かりましたよ」

と昌右衛門の語調も、どことなく懐かしさに満ちていた。

「此度の西野内は仕入れと伺っておりますが、沢山の紙を仕入れなさるのでございますかな」

「一年に西野内から江戸に送られてくる紙はほぼ決まっております。むろん本家の細貝家がすべてを取り仕切ってくれますので、私どもは江戸にいても事は足ります。ですが、何年に一度かは墓参りを兼ねて、紙のでき具合、楮《こうぞ》の生育具合を見にいくのも久慈屋の主の務めです。此度の西野内行きで、二百丸《まる》は仕入れることになりましょう」

「二百丸と申しますと、何枚になりますか」

「紙は産地によりましてな、少しずつ大きさが異なります。西ノ内和紙に例をとりますと、縦八寸、横二尺二寸の漉き紙を二つに切ったものが半紙にございます。この半紙二十枚が一帖、十帖を一束《そく》、十束を一締《しめ》、六締を一丸と申しまして、一丸は半紙一万と二千枚になります。二百丸の重さは、千五百余貫（五千六百余キロ）ほどになりましょうかな」

「なんとのう。途方もない量を仕入れなされますか」

「西ノ内和紙はお店の帳面、大福帳に使われます。その量たるや莫大でしてな。二百丸の仕入れも数カ月と持ちますまい」

久慈屋の商いの大きさに小籐次は圧倒された。

「それ、西野内の渡しが見えてきましたぞ。ほれ、川の流れであく抜さをしておりましょう。あの男衆の洗う紙が西ノ内和紙にございますよ。長い道中も終わりです」

小籐次は、川向こうで流れに入った男衆が白いものを洗っている光景を目にした。

三人は久慈川の河原に降りた。すると、菅笠を被った老船頭が、

「昌右衛門様、細貝の大旦那が何日も前から、まだかまだかと渡しまで聞きに来られていますぞ！」

と叫んだ。

「谷八爺も堅固そうですな」

「旦那はだいぶ疲れておるようにお見受けしますがのう。体は大丈夫かのう」

「土浦から夜っぴいて歩いてくれれば、顔に疲れが出るのは致し方ございませぬ

よ」

「なんと土浦からな。江戸で大事でもありなさったか」

と言いながら、三人を渡し舟に乗せた。

「江戸にはないがな。道中で一緒になった連れを、水戸のご城下に送り届けてこうなりました」

「まあ、夜旅ができるようなら、久慈屋の旦那もまだまだ若いということだ」

舟は忽《たちま》ち久慈川の清流を越えて三人を対岸に渡した。

昌右衛門の足がさらに速くなった。

この界隈の紙漉きの元締めであり、名主の細貝家は、久慈川の流れを見下ろす高台に豪壮な長屋門を見せ、陣屋のように聳《そび》えていた。

「おおっ、昌右衛門さん。参られたか」

長屋門を三人が潜ったところ、白髪頭の老人が大声を上げて迎えた。

「忠左衛門様、お元気そうでなによりにございます」

本家の細貝家の当代と江戸に出て商いの最前線に立った久慈屋の当代が、再会を喜び合った。

「それにしても、奇妙な刻限に西野内に着かれたものよ」

訝しげに忠左衛門が聞き、昌右衛門が徹夜旅の経緯を掻い摘《つま》んで話した。

「なんということで。えらい道中でした」

と答えた忠左衛門が、迎えに出てきた奉公人の一人に、

「江戸からの客人は徹夜旅じゃそうな。まず急いで湯を沸かしなされ」

と命じた。

「忠左衛門様、こちらが此度同行を願った赤目小籐次様でしてな」

「江戸を賑わす酔いどれ小籐次様、ようもまあ、西野内に見えられましたな。なにもございませんがな、赤目様が見えられるとの昌右衛門さんからの知らせで、酒だけはたっぷりと用意しておりますぞ」

と小籐次に笑いかけた。

「ご当主。それがし、屋敷奉公をしくじった後、久慈屋どのに拾われてなんとか江戸での暮らしが立ち申した。此度は久慈屋どのの先祖の地にまで招かれ、恐縮至極にござる」

「西野内におられる間はなんの心配もございません。いたって長閑な村里にございますればな」

「厄介になり申す」

三人は、紙漉き作業の物音が物憂《ものう》く流れる庭を入って細貝屋敷の玄関の敷居を跨いだ。

小籐次らが江戸を出て、四晩が明けていた。

二

昌右衛門らは早々に沸かされた湯で、江戸からの旅の汗と疲れをとった。昌右衛門以下、三人が一緒に入っても余裕があるほどの大きな湯船だ。

「極楽にござるな」

と思わず洩らした小籐次に、昌右衛門も、

「赤目様、徹夜明けの体には湯はなによりの馳走でございますな。体じゅうの筋肉がぱりぱりに張っておりましたが、湯に浸かった途端、すうっと張りが抜けていきます」

と満足そうな笑みを見せた。

「昌右衛門どのの健脚には正直驚かされました。だれも大店の主どのとは思いませんぞ」

「若いうちに鍛えられたのが、今の財産になっております」

昌右衛門の体を浩介が丁寧に洗い流し、

「赤目様もどうぞお背中を」

「いや、それがしは結構にござる」

と遠慮する小籐次の背を糠袋で擦《こす》りあげてくれた。

「浩介、見なさったか。赤目様の体には何箇所も古い刀傷が残っておる。だがな、すべて前ばかりで、背や頭の後ろには一つもなかろう」

「いかにも仰られるとおり。さすがに酔いどれ小籐次様は向こう傷ばかりでございます」

と感心した。

湯の中から昌右衛門が、

「赤目様、久坂様のお姫様は赤目様とお別れするのが名残惜しそうでしたな。うちのやえも箱根で助けられ、一目で赤目様に惹きつけられました。不思議なことにございます」

「爺侍のどこがよいか。それが真なら不思議なことですのう」

小籐次は呆れ顔で自らも訝しく感じた。

「旦那様、赤目様はなんの邪心も持っておられませぬ。おやえ様も鞠姫様もそのことを忽ち見抜かれたのではございませんか」

「浩介の言うとおり、ほんにそうかもしれぬな」

と昌右衛門は五十路《いそじ》になったとはいえ、皺くちゃの老爺顔で容貌魁偉《かいい》、矮軀の小籐次を見て、

「よく拝見しますと、赤目様は慈眼の持ち主、味わいを感じるお顔立ちです。それが若い娘たちを安心させるのでしょうかな」

と洩らした。

湯から上がった三人は、離れ座敷の広々とした部屋に敷かれた床で仮眠をとった。

水槽で紙を漉く物音が遠くから伝わってきて、夜旅をしてきた三人を眠りに誘った。

小籐次らが目を覚ましたとき、すでに紙漉き作業の音は消えていた。

西野内村の紙問屋細貝家の周りには夕暮れの濁った光が散って、久慈川の流れの音が響いていた。

夕餉には昌右衛門と小籐次の二人だけが細貝家の母屋の広座敷に招かれ、浩介

は細貝家の奉公人たちと一緒に別の場所でとることになった。

昌右衛門と小籐次が座敷に入ると、広座敷にはすでに当主忠左衛門の他に十数人の客がいた。

「久慈屋の旦那、世話になります」

「主どの自らの仕入れ旅、恐縮にございます」

とあちらこちらから声がかかったところを見ると、この界隈の紙漉き農家の主と見えた。

「皆の衆、西ノ内和紙の商いを一手に引き受けさせて頂きまして、真に有難うございます。皆様方を始め、楮切りの杣人《そまびと》、漉き子の衆がおられるでな、江戸の久慈屋も大きな顔をして商いが続けられます。お礼を申しますぞ」

と座した昌右衛門が平伏した。

「ささっ、昌右衛門さん、赤目様。こちらの席に着いて下され」

と忠左衛門が大広間に招じ入れた。

「御免蒙ります」

二人の席は忠左衛門の傍ら、二人の武家との間、上座に設けられていた。

「それがしには、ちと分不相応にござる」

と呟く小籐次に、

「江戸で名高き赤目小籐次様にはどの座も不足でございます。この世の中に酔いどれ小籐次様ほどの忠義の武士がおられましょうかな。旧主の恥を雪ぐためになんと大名四家の行列を襲い、御鑓先を切り取られた武勇。老公が存命なれば、きっとお褒めの言葉がございます。そうではございませんか、春村様」

と武家に声をかけた。

「いかにもさよう」

と笑いで応じた武士を、

「ただ今、水戸藩の小納戸《こなんど》紙方春村安紀様とご同輩作田重兵衛様が仕入れのために西野内にご逗留でございましてな。久慈屋昌右衛門さんの席にお招きしました」

と紹介した。

「久慈屋。聞けば江戸からの道中、前之寄合の久坂様のご息女の一行と一緒だったというではないか」

忠左衛門が話したのだろう。だが、市塚染之助の一件は一切、忠左衛門にも話していないから、春村らも知らなかった。

「偶々同道を許して頂き、楽しい旅にございました」

「前之寄合のご息女は三の丸小町と呼ばれる愛らしい娘御。どこぞの嫡男と婚儀が整ったと聞いたがのう」

「小姓頭太田家の静太郎様とお伺いしました」

「いかにもさようであった。雛《ひな》人形の男雛と女雛のように愛らしい夫婦になられよう」

「静太郎様も見目麗《みめうるわ》しいお侍にございますか」

「眉目秀麗《びもくしゅうれい》な若侍ですよ」

と作田が答えた。

「なによりお人柄がよい」

そのような話をしていると、座敷に四斗樽と細貝家の蔵から出された三段の塗杯が持ち出されてきた。

おおっ

と座が沸いた。

「赤目様、細貝家伝来の大杯にございます。一段の小杯に一升、二段目の中杯に三升、大杯に五升の、都合九升が入ると言われております。まあ、それは縁ぎりぎりまで注いでのこと。三段の杯に八分目まで注いでも六、七升は入りましょう。さりながら、三つの杯を飲み干した剛の者は未だおりませぬよ。酔いどれ小籐次様、お好きな杯でお召し上がり下され」

と忠左衛門が挨拶した。

「なあに、酔い潰れられたら、一日でも二日でも寝ておられればよいことです。のう、昌右衛門さん」

「うちの本家の持て成しにございます。お好きなだけ酒をお楽しみ下され」

「ほれ、昌右衛門さんの許しも出た」

と忠左衛門が興味津々に言い、樽や大杯を運んできた奉公人の男衆に合図した。

「久慈屋どののお許しもあれば、ご当家の杯と酒、賞味致す。小杯を下され」

座に落胆の空気が流れた。

男衆が四斗樽からなみなみと注いだ小杯を静かに口の前に運び、小籐次が両手を添えて、

「頂戴致す」

とゆっくりと杯を傾けた。

徹夜明けの体は、湯と仮眠で爽快にも蘇生していた。

それに、なにより腹が鳴り、喉が渇いていた。

傾けた小杯から芳醇《ほうじゅん》な酒が小籐次の口へと流れ込み、喉がごくりごくりと動いて、
すいっ
と胃の腑に消えた。

悠然たる飲みっぷりに、一座は粛然《しゅくぜん》として声もない。

「ふうっ、ちと急ぎ過ぎて味が分らなかった。これでは折角の酒に失礼にござろう」

と小籐次が独白し、忠左衛門が、

「ならば、二段目で味をお確かめあれ」

と薦《すす》めた。

「そう致そうか」

一升を飲んだことで、小籐次の顔の肌がてらてらと光ってきた。

「たっぷりとな、お注ぎなされ」

三升入りの二段目になみなみと注がれ、二人の男衆がそっと運んできた。

小籐次は初めて酒の香を嗅ぎ、

「下り酒にござるな」

と呟くと、中杯の縁に両手を添え、再び傾けた。

小杯同様に傾きが止まることなく動き、三升の酒が忽ち小籐次の矮軀に消えた。

「これは上酒にござる」

小籐次の顔に満足の笑みが浮かんだ。

「おまえさん方、ぼうっとしてないで三段目に酒を注ぎなさらんか」

焦った忠左衛門が男衆を急かせた。

座は、いまや声もなく小籐次の一挙一動を凝視していた。

五升の大杯は三人がかりで運ばれてきた。

眼前の酒が波打つ光景がたゆたう海面のようで、小籐次は、

(なんとも美しい)

と心の中で感嘆すると、

「細貝忠左衛門様のご好意、しみじみと頂戴致す」

と宣し、三度大杯の縁に両手を添えた。

見物する衆は、小さな体の老武士が悠揚せまらぬ態度で五升の酒を飲み干す様を呆然と見詰めた。

杯が上げられ、小籐次の顔が塗杯の向こうに消えた。

男衆が空になった大杯を静かに下げた。すると、愛嬌のある小籐次の顔が綻んで見えた。

細貝家の広座敷の一同は長いときが流れたような錯覚に陥って、未だ言葉を失っていた。

「うちの伝来の大杯が、いとも簡単に飲み干された」

忠左衛門の言葉にも、打ちのめされたような衝撃が残っていた。

「噂には聞いておりましたが、いやはや、身の毛がよだつほどのお見事な飲みっぷりにございますな」

忠左衛門の言葉に、昌右衛門がさらりと、

「酔いどれ小籐次様には九升や一斗は序の口です。先の大酒の会では一斗五升を飲み干されましたのでな」

と言ったものだ。

座にざわめきが走った。

「ならば、五升でもう一杯」

と言いかける忠左衛門に、小籐次が愛嬌を湛《たた》えた笑みの顔で、

「主どの、量を競う外道《げどう》飲みはこれにて幕でござる。皆様で楽しゅう飲みましょうかな」

と制した。


翌朝、久しぶりの大酒にも拘わらず、小籐次は爽快な気分で七つ（午前四時）過ぎには目覚めていた。

離れ屋と母屋の間に広々とした庭があった。

小籐次は久慈川の流れを見下ろす庭の一角に下りると地面に正座し、しばし瞑想した。

傍らには、備中国の名工次直が鍛えた二尺一寸三分の豪刀があった。

気力を腹に溜めた小籐次は、静かに両眼を見開いた。

眼下に久慈の流れがのたうつ大蛇のように見えた。

次直を摑んだ小籐次はその場に片膝を突き、腰に剣を差した。

「来島水軍流正剣十手脇剣七手」

声が薄闇に洩れ、鞘《さや》走りすると、次直が常陸、下野《しもつけ》、陸奥三国の国境にそびえる八溝山《やみぞさん》から流れ出る久慈川を両断するように躍った。

来島水軍を先祖として、船戦を主眼に磨かれた来島水軍流の技が変幻自在に繰り出されて一刻余り、小籐次の矮軀から昨夜の酒っけが抜けた。

湯殿を借り受けて水を被り、清々《すがすが》しい気分で離れ屋に戻った。

すると昌右衛門が、

「赤目様、おまえ様という方は」

と呆れ顔をした。

「なんぞ昨夜はやらかしましたか」

「いえ、昨夜ではございませぬ。あれだけ召し上がりながら平然としておられました。だが、今朝はいくらなんでも宿酔《ふつかよ》いではなかろうかと考えておりましたが、朝まだきから剣術の稽古ですか」

「昌右衛門どの、目を覚まさせましたかな。それがし、昨夜の酒が抜けて、なんとも気分爽快にございますよ」

「酔いどれ小籐次は化け物にございますな。それも稀代《きだい》の大化け物にございますぞ」

と呻いた昌右衛門は、

「ううっ、赤目様の代わりに私が宿酔いのようです」

と頭を抱えた。

昨夜は酔いどれ小籐次の芸を見せられた一座が我を取り戻して、自らの酒器を握り、競うように飲み始めた。

賑やかで和《なご》やかな宴は四つ半（午後十一時）の刻限まで続いたか。

昌右衛門もいつもの量よりも飲み過ぎたようだ。

「しばらくお休みになっておられるとよい。宿酔いにはなにより時の経過が薬でな。なにしろ江戸からちと強行軍でござった」

「私の十倍も飲まれた赤目様がすでに剣術の稽古で汗を流され、昨夜の酒をすっきりなされたというのに、久慈屋の当主が宿酔いでは浩介に示しがつきませぬ。それと、朝の間にご先祖の墓参りをしておきたいのです」

「ならば、ご一緒させてくだされ」

「赤目様も同道してくださいますか。ご先祖様も喜ばれましょう」

昌右衛門が寝床から起き上がり、洗面を済ます間に小籐次は母屋に行った。

母屋の広い台所で、主の忠左衛門がげんなりとした顔付きで茶を喫していた。

相手をしているのは浩介だ。

こちらも少々宿酔い気味のようだ。

「赤目様、感服致しました。この忠左衛門、ちと悪戯《いたずら》心から酔いどれ小籐次様を酔い潰してみせようなどと考え、伝来の塗杯を持ち出しましたが、完敗にございました。酔い潰れたのは私どものほう。赤目様が朝から剣術の稽古をなされたと聞き、戦国の世の武将とはかくあったかと、愚か者の思い違いを悔いております」

「主どの、楽しい宵にございましたな」

そう答える小籐次に、

「赤目様、お茶を淹《い》れました」

と浩介が茶碗を差し出した。

「今な、浩介から箱根の出会いを聞かされたところです。戦国の世なら赤目様は一万石、いや、十万石でも召し抱えられましたぞ」

「主どの、冗談はそれくらいにして下され。それがし、旧藩の奉公の折、厩番にて給金は三両一人扶持にございました」

「な、なんと。それでは女中の給金にも足りませぬ」

「亡き父も祖父も、それで満足しておりました」

「赤目様のご一族の欲のないこと」

そこへ昌右衛門が姿を見せた。

「久慈屋が赤目様に肩入れする気持ちが分りましたよ。殿様の恥を雪ぐは禄高の高い順にございましょう。家老だ、留守居役だといわれる方々は知らぬ顔の半兵衛、三両一人扶持の赤目様が命を賭けられた。なんとも世の中は不思議なことでございますよ」

「そのことそのこと」

昌右衛門がようやく声を絞り出した。

「江戸に赤目様がおられぬようになったらな、この西野内においでなされ」

と忠左衛門が真顔で小籐次に言った。

「旦那様、お茶を」

浩介が茶を主に供し、黙って一口啜った昌右衛門が、

「生き返りました。若い若いと思っていたが、酒を飲んでみて自分の年を思い知らされました。年には勝てませぬ」

「だが、中には赤目様のようなお方もある」

「ということです、忠左衛門様」

久慈屋昌右衛門の先祖代々の墓は、細貝家の裏の竹藪の中にあった。苔むした墓石が十数基も並んだ墓前は綺麗に清掃がなされていた。

墓所の左右に白梅紅梅が植えられ、花を咲かせようとしていた。

江戸から昌右衛門が墓参りに来ると知らされた細貝家の人間が掃除をしたというより、常々手入れを怠らない様子が見えた。

竹藪の斜面に湧き水が流れ出て、浩介が閼伽桶に清水を汲んできた。

一墓一墓、昌右衛門が洗い清め、小籐次も浩介と交代して清水を汲みにいった。

掃除を終えた墓石の前で三人はそれぞれ思い思いのことを考えながら、細貝家の先祖でもある霊前に頭を垂れ、手を合わせた。

「赤目様、さて一つの用事は済みました。私と浩介は二日ほど商いに専念しますでな、赤目様はお好きなようにお過ごし下されよ」

と、これからの行動を告げた。

小籐次はまず紙漉きの作業を見物し、それからこの二日の行動を決めようと考えた。

三

水戸光圀が西ノ内和紙と名付けた紙作りの起源は、天平宝字《てんぴょうほうじ》二年（七五八）、淳仁《じゅんにん》天皇の御代《みよ》にすでに漉かれていたといい、奈良時代に写経料紙として、さらに技術が向上した。

那須楮を伐採するところから、楮蒸し、皮はぎ、水浸け、煮熟、あく抜き、ちり取り、叩解《こうかい》、紙漉き、脱水、乾燥、選別、裁断などの工程を経て、丈夫で水にも強く、虫もつかず保存の利く西ノ内和紙ができ上がるのだ。

細貝家の敷地の一角には紙漉きの作業場があって、大勢の男衆女衆が働いていた。

赤目小籐次は紙漉きの作業を興味深く見物し、裁断される見事な西ノ内和紙の光沢と漉き模様に魅せられた。

でき上がった西ノ内和紙を光に透かすと、なんとも楮の繊維が美しい。紙を透過する光は柔らかく人の目に優しかった。

「水を何度も潜り抜けるゆえ、水にも強いのであろうな」

小籐次の呟きに、仕上げを見る老職人頭の角次が、

「お侍の申されるとおりですよ。久慈の水を潜った紙はな、江戸の名物の火事にも耐えまする」

「ほう、西ノ内和紙は燃えぬか」

「燃えぬ紙は世の中にございませんよ。江戸には出たことがねえだが、江戸の商家にはどこも火事に備えて穴蔵があるそうではねえか。火事が起これば穴蔵に金目のものや帳簿を放り込んで、砂をかけたり、水を入れたりして炎から守るそうな。久慈の西ノ内和紙は、ほかのどの紙よりも水にも炎にも強いと聞いております」

と角次が胸を張った。

そう答えながらも、角次の目は厳しく仕上げられた紙の良し悪《あ》しを選別し、できの悪いものは容赦なく外した。

「光圀公が世に広められた紙にございます。粗雑なものを出したのでは、老公の名に関わりますでな」

角次が言いきり、小籐次は職人頭の老人の紙を裁断する刃物の角度や動かし方を丹念に見た。

角次には長年培《つちか》った勘と動きがあった。

老職人の傍らに砥石類があるのを見て、裁断用の刃物を手に取った小籐次は刃に指の腹を当てた。

「お侍、それは研ぎにかける刃物だ」

と老職人が困った顔をした。

「研いでもよいか」

「お侍がかねえ」

ちょうどそこへ、昌右衛門や忠左衛門が入ってきた。

「角次、赤目様の研ぎは絶品ですよ。江戸の久慈屋では赤目様の研いだ刃物で、紙の質が一段上がり、値が上がるといわれております」

と説明し、

「ほう、赤目様はいろいろと芸をお持ちだ」

と忠左衛門も感心した。

「それにしても西野内まできて、仕事をなさらずともよいではございませぬか」

「昌右衛門どの、暇つぶしと申せば職人衆に叱られようが、赤目小籐次の貧乏性は道楽とでも考えて下され。なあに好きでやることです」

角次ら職人衆と忠左衛門らが興味津々に見守る中、小籐次は一本目の裁断刀を研ぎ始めた。

その動きを見た角次の目の色が変わった。

小籐次はゆったりと刃物を動かした。無心に刃先を研ぐことに専念した。こうなれば、もはや周りにだれがいても関わりがない。

小籐次だけの孤独の世界が醸し出された。

動きを停止した小籐次は指の腹で刃を触り、桶の水で洗うと、懐から手拭を出して丁寧に水っけを拭き取った。

「試して下され」

小籐次から渡された刃物を角次が仔細に光に当てて研ぎ具合を調べ、黙ったまま裁断中の和紙に刃先を当てて、
すいっ
と引いた。さすがに老練な職人頭だ。力を入れたふうにも見えなかったが、見事に二つに切り分けた。その職人頭も驚きの声を発していた。

「おおっ」

忠左衛門も目を丸くしていた。

その眼前で、角次は丈夫が評判の西ノ内和紙を何枚も重ねて、刃を当てた。

小籐次の研いだ刃は見事にその試しにも応えた。その切り口はどの紙も、
すぱっ
として見事なものだった。

「大旦那、久慈屋の旦那が申されることに間違いねえ。こんな切れ味をみせる研ぎ師なんて滅多《めった》にいるもんじゃねえ」

職人は職人の腕を知る。角次が感嘆の言葉を洩らした。

「角次、赤目様は屋敷奉公の折、亡き親父様に刀研ぎをな、武士の嗜《たしな》みと叩き込まれた方ですよ」

「どうりで腕が違うだ」

角次が小籐次に笑いかけ、

「切れの鈍った刃物が気になるのなら、好きなようにして下され」

と研ぎ仕事を許してくれた。

小籐次は昼前まで紙漉きの水音や角次が紙を裁ち切る音を聞きながら、無心に研ぎ仕事を続けた。

昼餉は細貝家の台所で、奉公人と一緒に油揚げ、人参、牛蒡を炊き込んだ五目

飯にちぎり蒟蒻の煮物、漬物を食した。

昼下がり、小籐次の姿は細貝家の竹藪にあった。細貝家の番頭に断わり、何本か竹を切り出して庭に持ち帰り、適当な長さに挽《ひ》き切り、さらに鉈で割った。半日をかけて、ひご竹やら薄い竹片に切り分け、小刀の刃先で研ぎをかけた。

その日の作業はそれで終わった。

翌日も刃物研ぎの後、竹細工の作業にかかった。

手馴れた竹の風車、竹とんぼ、竹笛などをいくつか手慣らしに作ってみた。さらに、小籐次は昌右衛門にも内緒ごとの竹細工の櫛をいくつか手がけた。何度か失敗したのち、なんとか納得するものを作り上げた。だが、これはだれの目にも触れないように小籐次の道中嚢《どうちゅうぶくろ》に仕舞いこまれた。

竹質の試しは終わった。

そこで、次の作業に移った。

かたちや長さの異なる竹片やひごを組み合わせて、高さ一尺一寸ほどの籠のようなものを二つ作り上げた。その下部は、しっかりした輪切りの楮の幹で座りがいいようになっていた。

西野内での仕入れと買い付けを終えた昌右衛門と忠左衛門らが屋敷に戻ってき

て、小籐次の仕事に目を留めた。

「今日は竹細工ですかな」

竹ひごと竹片が巧妙に組み合わさった籠を見て、

「はて、虫籠にしては間が不揃いですな」

「赤目様、いったい何でございますな」

と二人が聞いた。

「主どの、ご自慢の西ノ内和紙を分けて下さらぬか」

「うちは紙問屋の元締めです。紙はいくらでもありますよ」

と持って来させた和紙に、小籐次は器用に鋏《はさみ》を入れて形を整えた。いつ作っておいたか、糊《のり》でその紙を竹籠の内側と外側に張り合わせた。

作業が終わったとき、西野内に夕暮れが訪れていた。

もはや、小籐次が作り上げたものがなんであるか、だれもが承知していた。

魅惑的な曲線を描き、斬新なかたちの竹の籠を使った、西ノ内和紙の行灯だった。

その一つに灯が入れられたとき、その場にいる全員から期せずして嘆声が洩れた。

「うちの紙の漉き模様が、二重に浮かんでなんとも美しいぞ」

「赤目様、なんというお腕前で」

二人の旦那が感心して灯りに見入った。

竹片と紙が生みだす灯りはなんとも幻想に満ち、辺りをほのかにも優しく照らし出した。

「昌右衛門どの、鞠姫様の祝言の祝いに、水戸へ置いてこようと思いましたのじゃ」

両手をぽーんと打ち合わせた昌右衛門が、

「それはよきお考えにございます。鞠姫様はきっと喜ばれますぞ」

と破顔した。

「忠左衛門どの、もう一つは、のんびりと命の洗濯をさせてもらったこちらにお礼代わりに置いておきます。使うて下され」

「有難うございます」

と感激の面持《おもも》ちの忠左衛門が、

「明日は皆さんが江戸に戻られる。今宵は、赤目様の作った行灯の灯りを愛《め》でながら別れの宴をしましょうかな」

後片付けをした小籐次は湯殿に行った。

湯殿には二人の旦那が入っていた。

「おおっ、来られたか」

と昌右衛門が言うと、

「今も忠左衛門様と話していたところですがな。赤目様の竹細工の腕前、ただで配るのは勿体のうございます。十分にお金がとれる細工ですよ」

「そうそう、ただ今作られたあの西ノ内和紙の行灯など水戸領内でも売れます。水戸藩の方が知れば、うちの名物にせよときっと申されます」

と忠左衛門も言い添えた。

「なあに、赤目小籐次が一人暮らすには研ぎ仕事で十分にござるよ」

洗い場で体を流した小籐次は、二人の旦那が浸かる湯にさっと入った。

「昌右衛門さん、もそっと赤目様に欲があればなあ」

「忠左衛門様、もう何度も申し上げましたぞ。うちが後見をしないと、赤目様は商いに出ておられるのか、使役に出ておられるのか、区別はつきませぬのじゃ。商人から見ると、まるで商いになっておりません。人助けにございますよ」

「ほんにのう」

と忠左衛門がしばし沈思し、

「昌右衛門さん、頼みがある」

「なんですな、ご本家」

「私はな、近隣の男衆に呼びかけて、あの西ノ内和紙の行灯作りを始めようと思う。この夏にも赤目様を西野内に寄越してくれぬか」

「ほほう」

「竹と紙で、あれほど美しいものができるのです、その二つとも、この西野内界隈に産する。行灯作りに励めばこの界隈の名物になる、西ノ内和紙を使った新たな商いができはせぬかと考えた」

「それはよき考えですぞ、忠左衛門様」

二人の旦那が小籐次を見た。

「それがしの技が役に立つと申されるなれば、いつなりとも」

「決まった」

「夏に戻ってきて下されよ」

忠左衛門が歓喜の声を上げた。

その宵、江戸に戻る三人は、忠左衛門ら細貝家の奉公人数人に心尽くしの接待を受けた。

宴の場を照らすのは、小籐次が作ったばかりの竹と紙の行灯だ。

だれもが、西野内が産する二つの特産品に工夫を加えることによって違った工芸品に変わるのだということを、改めて思い知らされた。

だれもが灯りを見詰めて幸せな気分に浸りながら、酒を飲んだ。

和紙と竹が織り成す灯りは、闇が深くなるほど魅力を増した。黙って見ているだけで贅沢な心持ちにさせられた。

一夜目の賑やかな宴と異なり、なんとも静けさに満ち、しみじみと心に刻まれた別れの一夕《いっせき》となった。


翌朝、明け六つ、久慈川は墨絵のような光景を見せていた。そんな中、久慈屋昌右衛門一行三人を乗せた平田船が、ゆっくりと西野内村の河原を離れた。

「昌右衛門様、また故郷に戻ってきて下されよ」

「赤目様、夏にはお待ちしていますぞ」

忠左衛門や奉公人、村人たちに見送られて、三人の船頭が操る平田船は流れに乗った。

「本家、世話になりましたな」

「昌右衛門さん、またお会いしましょうぞ」

別れの言葉がいつまでも繰り返され、ついに西野内の紙漉きの里が船に乗る三人の視界から消えた。

「昌右衛門どの、なんとも楽しい逗留にございました。赤目小籐次、礼を申す」

と船中で頭を下げた。

小籐次は昌右衛門が御用に事寄せて、小籐次を旅に連れ出し、殺伐とした戦いの日々を一時でも忘れさせようとした心遣いを十分に感じ取っていたのだ。

「赤目様に喜んで頂ければなによりです」

平田船には西ノ内和紙が積まれていた。

その船に三人は同乗して、久慈川を水戸へ向う街道につながる河合の船着場まで下るのだ。

紙を積んだ船はさらに久慈川河口まで下り、江戸行きの弁才船に積み替えられる。

「帰りは楽旅ですな」

昌右衛門がゆったりと下る船中から辺りの景色を眺め、煙草に火を点《つ》けた。

浩介は細貝家から持たされた風呂敷包みから大徳利を出して、大ぶりの杯と一緒に小籐次の前に置いた。

「久慈川下りで飲む酒はまた格別との本家の大旦那様の志にございます」

「なんと、なにからなにまで」

浩介が徳利の栓を抜き、酒器に注いだ。

「忠左衛門どののお気持ち、頂こう」

小籐次は杯を手にした。

「やはり、酔いどれ小籐次には酒が一番似合います」

昌右衛門が笑った。

西野内から河合まで船頭らはゆったりと船を操った。同乗者がいることもあったが、なにより荷の西ノ内和紙を濡らさないための丁寧な櫓捌き、竿捌きであった。

帰り船は、三人の船頭が交代で西野内まで引き上げるという。

早い昼餉を船中で摂《と》った三人は、昼前に河合の船着場で船を下りた。

浩介の背には、細貝家から江戸の分家への土産の数々が負われていた。行きは仕入れの金子を背負い、帰りはそれが久慈川で捕れた川魚の甘露煮などに替わっていた。

「水戸城下までせいぜい五里ほどです。七つ（午後四時）過ぎには着きましょうぞ」

小籐次の背には、鞠姫への贈り物の行灯やら風車が負われていた。

「さて、参りましょうかな」

船で楽をしてきた三人だ。梅の花が咲き香る街道をぐいぐいっと進んだ。そして、昌右衛門が予測した七つ前後には、那珂川の渡しに乗ることができた。

本《ほん》一丁目の旅籠水府屋に到着したのは七つ半前だ。

小籐次は部屋に上がる前に旅籠の番頭に頼み、西野内で作った行灯などを前之寄合、久坂家に届けさせた。

三人が部屋に通され、旅籠の主と挨拶をしていると、使いに出た水府屋の男衆と一緒に久坂家の用人津村老が姿を見せた。

「久慈屋、赤目様、待っておりましたぞ。殿も屋敷におられる。過日も話を聞かれてぜひとも二人に礼を言わねば気がすまぬと申されてな。なんとか都合をつけてくれぬか」

と膝詰め談判だ。

「赤目様、どういたしましょうかな」

と言いながら、昌右衛門が話題を転じた。思案するときを持ちたいと考えたのだ。

「津村様、ご家老のご嫡男市塚染之助様からなにも申して参りませぬか」

「赤目どのに赤子扱いにされたのがよほど堪《こた》えたか、不気味なくらいに大人しいぞ。殿もこの話を聞いて、厄介なことにならねばよいがと案じられたのだ。だがな、昨日も城中でご家老にお会いなされたそうだが、なにも申されぬとか」

「ということは、染之助様が仔細を家老に話していないということで」

「まず、そんなところかのう」

と津村は首肯した。

間を置いて決心がついたか、昌右衛門が、

「津村様、私どもの道中、ちと遅れておりましてな。やはり明朝にはなんとしても水戸を発《た》ちとうございます」

と話題を戻した。

「そこをじゃあ、なんとかもう一夜、水戸に、久坂家に泊まれぬか」

「ちと厳しゅうございます」

　と答えた昌右衛門は、

「津村様、私と赤目様の二人、これから早々に湯に浸かり、夕餉を食した上でお屋敷にご挨拶に伺います。久坂の殿様、姫様に、今宵お目にかかることは叶いませぬか」

「これからか」

「はい」

　津村もさすがにこれ以上の無理は言えぬと考えたか、分った、と答え、

「ならば待っておるぞ。必ず来てくれよ」

　と何度も念を押し、早々に旅籠を後にした。

「昌右衛門どの、行灯を届けさせたことが、かようなことを引き起こしたようだ。申し訳ござらぬ」

「久坂様のお気持ち、親心も分らぬではございません。かくなれば、ちと慌しゅうございますが湯に入り、夕餉を済ませ、久坂様のお屋敷にお伺いしましょう」

　と腹を決めたように宣言した。

四

久慈屋昌右衛門と赤目小籐次が水戸藩前之寄合久坂家を訪ねると、門が大きく開け放たれ、灯りが煌々《こうこう》と点され、門番たちに迎えられた。

「おおっ、見えられたか」

玄関式台の前には、津村老が腕を後ろ手に組んで、

「今か今か」

と二人の到着を待ち受ける風情で立ち、二人の姿を見ると飛んで出てきた。

「よう見えられた」

「津村様、どなたかお客様ではございませぬか」

玄関脇に駕籠が一丁置かれたのを見た昌右衛門が聞いた。

「今宵のお客は、そなた方が正客よ」

と手を取らんばかりにして玄関に招じ上げ、奥座敷へとせかせかした足取りで案内していった。

奥庭に面して回り廊下が走り、庭には馥郁《ふくいく》とした梅の香が漂っていた。

招かれた二人は香りを薄闇に探した。座敷の一角には灯りが点り、それが庭に零れていた。その灯りに見事な白梅紅梅が花を咲かせ、香を漂わせているのが二人には分った。

「なんとも枝ぶりのよき梅にございますな」

昌右衛門が、座敷から聞こえる話し声を気にしながらも尋ねた。

「梅か、久坂家の自慢の老梅でな。久坂の白梅紅梅は、偕楽園《かいらくえん》の梅の咲く前触れと水戸では有名な梅にござるよ」

と津村が自慢げに答えたとき、灯りの零れる座敷の障子が開かれた。

障子を自ら開いたのは鞠姫だ。

「父上、やはり久慈屋どのと赤目様の到来にございます」

鞠姫の声が弾んでいた。

「姫、お見えになりましたぞ」

答える津村の声も上ずっていた。

二人は廊下に座した。

昌右衛門が座敷に目をやり、

「久坂華栄様、江戸芝口橋にて紙問屋を営む久慈屋昌右衛門、赤目小籐次様を伴い、夜分にもかかわらず参上致しました。今宵は突然のことゆえ、ご挨拶にて失礼申し上げます」

「久慈屋、挨拶は後じゃぞ。まず座に着いてくれぬか」

久坂の当主が手招きし、鞠姫が空けられた上座二席に案内しようとした。

小籐次は座敷に久坂家の者ではない人物、二人の武家が招かれているのを見た。風貌《ふうぼう》から推量して父と子のようだ。

「姫様、座が違いまする。どうか下座にて遠慮させて下され」

「久慈屋、そなたと赤目様は鞠の命の恩人です。そなた方のお助けなくば、鞠はこの世におられませんでした。なんじょうもって、恩人方を下座に着座させられましょうか」

鞠姫は昌右衛門の手を取り、床の間を負った座に導き、

「どうかお座り下さい」

と願った。

久慈屋昌右衛門は覚悟を決めたように小籐次に頷いて見せ、座布団を外して座した。小籐次も真似《まね》るしかない。

「久坂様、重ねてのお勧めゆえ、上座に着かせて頂きます」

「久慈屋、ここにおるのは親しき者ばかり、内々である。なんの遠慮がいろうか」

と笑みを浮かべた久坂が、

「久慈屋、赤目どの、まずお手前方にこちらにおられるお二方を引き合わせておこう。水戸家小姓頭太田拾右衛門《じゅうえもん》様と嫡男の静太郎どのだ」

「おおっ、鞠姫様が御輿《おこし》入れなさる太田家のご当主様と婿どのの静太郎様であられますか」

と応じた昌右衛門が姿勢を改め、

「ご両家に申し上げます。太田静太郎様、鞠姫様のご婚儀相整うたこと、ご両家繁栄のしるし、真におめでとうございます」

と祝いを述べた。

「久慈屋、この久坂華栄と太田拾右衛門様からも改めて礼を申す。此度の道中で二度も鞠姫の危難を救うてくれたこと、久坂家、太田家ともども感謝に堪えん、礼の言葉もない。ほれ、このとおり」

と頭を下げようとする久坂と太田親子に、

「久坂様、太田様、静太郎様、お待ち下さい。私めは汗一つ掻いたわけではございません。すべて赤目様が働かれたことにございます」

それよ、と頭を下げかけた久坂家の当主が、

「江戸に武名高き赤目小籐次どのを当家に迎えようとは努々《ゆめゆめ》考えもしなんだぞ。鞠にな、ようもそのような武門の誉《ほま》れ高い士と知り合うたと褒めたところでな。赤目どの、ようも娘を助けてくれた、ようも当家を訪ねてくれた。それがし、鼻が高いわ」

と久坂が小籐次に話しかけた。

「久坂様、太田様、赤目小籐次と申す浪々の者、本来なれば御三家水戸様のご重臣の屋敷に出入りできる立場にはござりませぬ。此度、江戸で世話になる久慈屋どののお誘いで水戸ご領内西野内村へと旅し、その道すがら鞠姫様ご一行と縁を持ちましてござる。なんとも楽しい道中にございました。礼を申し上げるのは赤目小籐次にござる」

「赤目どの、それがしからも礼を申す。ようもうちの嫁に迎える鞠どのの危難を救うてくれた」

太田拾右衛門がにこやかに小籐次に挨拶した。

「ご丁重なるご挨拶痛み入ります」

「挨拶の交換は、もうこれくらいでよかろう」

と久坂華栄が言い、昌右衛門と小籐次を座布団の上に改めて座らせた。

すいっ

と次の間が開き、薄暗い座敷に竹と紙でできた行灯が点されていた。その傍らには、でーんと四斗樽が鎮座していた。

「おおっ、赤目どのが手作りなされた西ノ内和紙と竹の行灯か。鞠、初めて見るが美しい灯りよのう」

久坂華栄が感嘆の声を上げた。

「武門の士はかような雅《みやび》な技もお持ちか」

と太田拾右衛門も呟いた。

鞠姫が静太郎の傍らに座して、

「赤目様、私どもにかようにも心のこもった祝言の祝いの品をお贈り頂き、静太郎様ともどもも感激一入《ひとしお》にございます。お礼を申します」

と頭を下げた。

その横で、眉目秀麗な静太郎が無言のままに鞠を真似た。

「評判以上の若武者とお姫様、よき夫婦になりましょうぞ」

昌右衛門が目を細めた。

膳が運ばれ、小籐次の前には久坂家伝来の塗杯が運ばれてきた。

「久坂様、私どもは旅籠にて、すでに夕餉をとって参りました」

「津村も気が利かぬことよ。なぜお迎えに行った足でお連れせぬかと叱ったところだ。久慈屋、他家の酒はまた別腹、急なことでなにもないが、赤目どののともども一献《いっこん》傾けていってくれ」

「静太郎様と鞠姫様の祝言の前祝いの席にございます。遠慮は却《かえ》って失礼に当たりましょう。頂戴致します」

鞠姫自ら銚子で一座の酒器を満たし、最後に小籐次に大きな塗杯が渡され、なみなみと注がれた。

「久慈屋、光圀公以来の西ノ内和紙を江戸に広めてくれたのは代々の久慈屋あればこそ、水戸家の家臣は久慈屋には足を向けて寝られぬわ。よう屋敷を訪ねてくれたな」

と乾杯の音頭をとり、一座の者たちが酒を飲み干した。

小籐次はと見ると、皆に合わせ、塗杯の酒に口を付け、いったん止めた。

「赤目様、ご酒が気に入りませぬか」

鞠姫が案じた。

「鞠姫様がお酌下されたご酒にございます、美味でなかろうはずもございません。一息に外道飲みするのが勿体のうて、感慨に浸っておりました」

「酒はいくらもございます。酔いどれ小籐次様の飲みっぷり、舅《しゅうと》様、静太郎様、父上に見せて下され」

「頂戴致す」

小籐次は静かに塗杯を傾けた。

酒が口に流れゆき、喉がごくりごくりと鳴って、五臓六腑に沁み渡っていった。

悠然とした飲みっぷりに久坂華栄が、

「豊後森藩の久留島通嘉様は、途方もなき武士《もののふ》を召抱えておられたものよ」

と感嘆した。

「久坂様、この赤目様の給金を聞かれれば、もっと驚かれますぞ」

「久慈屋、そう言われれば聞きたくなるではないか。まあ、森藩自体が小藩ゆえ二百石か三百石かのう」

「父上、はしたのうございます」

と鞠姫が父を窘《たしな》めた。

「身内同士の席だ。よいではないか」

「久坂様、赤目様は三両一人扶持にございました」

「な、なんと。そのような俸給の士が、通嘉様の屈辱を雪がんと讃岐《さぬき》丸亀藩など四家の行列と孤軍奮闘の戦をなされたか」

「久坂どの、小金井橋の十三人斬りの武勇もございますぞ。なんとも驚きいった次第かな」

と太田も口をそえ、さらに口を開いた。

「それがし、普段は江戸屋敷に奉公しておるものでな。だれから聞かれたか、斉脩様が御鑓拝借の一件を話題にされたことがあった。殿も、まさか赤目どのお一人の働きとはその折はご存じなかったがな。いやはや久留島様はなんとも幸せな大名かな、との感想を洩らしておられたわ」

太田の言葉に頷いた久坂が、

「久慈屋、赤目どの、わが水戸藩は光圀公以来、三代小城藩鍋島元武《もとたけ》様と入魂の付き合いをしておってな。今も小城藩とは親しき交わりがある。赤目どのの奮闘はちと水戸家にとって複雑な話でもあるのだ」

と苦笑いした。

「父上、舅様、赤目様がお悪いのではございませぬ。赤目様は主の恥を見事に雪がれただけにございます」

「鞠、全くそのほうが申すとおりじゃ。それだけに小城藩鍋島家は世間の評判を落とし、江戸城中でも分が悪い。水戸に赤目小籐次が現れたと殿が知られれば、会いたかったぞ、とさぞお嘆きになられよう」

久坂の言葉に太田拾右衛門が頷き、

「久坂どの、江戸屋敷に戻ったら、赤目どのとの対面とな、赤目どのが手作りなされた西野内の竹と紙を使った行灯の美しさを、殿に申し上げようかと考えておったところだ」

「おおっ、それはよき考えですぞ。藩ではなんとか領内の物産を売らんとしておられる。むろん久慈屋が西ノ内和紙は江戸で広めてくれたがな。新たな名物ができると水戸藩のためになる。殿は喜ばれますぞ」

「久坂様、太田様、それについてこの夏、赤目様が再び西野内を訪れ、村の衆に竹と紙で作った工芸品の作り方を伝授することになっております」

「それをお聞きになれば殿は大いに喜ばれるぞ、藩の財政改革には熱心なお方ゆえな。久慈屋、これからも知恵を絞って水戸のために尽くしてくれ」

太田の言葉に頷いた昌右衛門が、しばし沈思した末、

「赤目様、江戸に戻られたら斉脩様にご覧に入れる西野内の行灯を一つ作ってくれませぬか。物事なんでも百聞は一見にしかずです」

「久慈屋、全くだ」

期せずして、一座の視線が行灯のほのかな灯りに行った。

行灯は、一座の話に耳を傾けるように幻想の光を座敷の畳や襖や天井に投げていた。


久慈屋昌右衛門と赤目小籐次が、久坂屋敷を辞去したのは四つ（午後十時）のことだった。

玄関まで見送りに出たのは鞠姫と太田静太郎だ。

一座にあって寡黙《かもく》な青年は鞠と話し合いがなされていたのか、二人を水府屋まで送っていくと申し出た。

「静太郎様、お気持ちだけ頂戴申します」

と遠慮する昌右衛門に、

「久慈屋、静太郎様は赤目様と少しでもお話ししたいと、このときを待っておら

れたのです。なにしろ座敷では父と舅どのが頑張っておられますから」

と鞠が笑い、静太郎が、

「ご迷惑かと存じますが、ご一緒させて下さい」

と頼んだ。

「そのようなことなれば」

静太郎が提灯を提げて、久坂屋敷を先頭に出た。

「静太郎様、大家のご嫡男に提灯をお持たせして恐縮にございます」

と言いかける昌右衛門に、笑みを返した静太郎が、

「久慈屋、赤目様にそれがしからもお礼を申し上げたい一心でござってな、見送りに他意はございません。赤目様、それがしの花嫁を、鞠どのをようも助けて頂きました」

と改めて礼を言った。

真摯《しんし》な言葉と態度に静太郎の人柄が表れていた。

「静太郎様は、そのために私どもをお送りにこられましたか」

「鞠どのから赤目様のお人柄を聞いて、なんとしてもお目にかかりたいと思ったのです」

「鞠様はよいお嫁様になられます。祝言の日取りはいつですかな」

「それがしの出仕のこともございますれば、両家で話し合い、今秋九月十五日にあげることが決まっております」

「静太郎様、赤目様の見事なお祝いには敵いませぬが、この久慈屋もなんぞ頭を絞りますでな。鞠姫様にお楽しみにと言付けて下され」

「そのような気遣いは無用にございます」

と静太郎が応じたとき、小籐次の足が止まった。

南見付、あるいは南御門と呼ばれる門を出て、空堀端に差しかかったところだ。

「赤目様、なんぞ」

と不審の声を上げる昌右衛門を制して、小籐次が前に出た。

闇から二人の武芸者が姿を見せた。

「何者か」

提灯を持った静太郎が誰何《すいか》した。

二人の後方からゆらりともう一つの影が姿を見せた。羽織袴を着て、喉元に白い布を巻いていた。

「あなたは、市塚染之助様ではございませぬか」

「太田静太郎も一緒か」

過日、小籐次に喉を突かれて声が満足に出ぬのか、絞り出すように言った。

「赤目小籐次に恨みがある」

「市塚様、経緯《いきさつ》は鞆どのより聞いております。ご家老の嫡男、いえ、水戸家の藩士にあるまじき所業にございます。また愚行を繰り返されるおつもりか」

静太郎の声は凛然《りんぜん》と闇に響いた。

堀端の向こうから別の人影が姿を見せた。供を連れた人物は、どうやら市塚染之助と太田静太郎の問答を聞いて動いた気配があった。

「お待ちあれ、城下で騒ぎはならぬ。それがし、町奉行佐々主水《さっさもんど》である」

「佐々様、太田静太郎にございます。過日、お届けの一件……」

と静太郎が言いかけた。久慈屋昌右衛門は久坂家が騒ぎを藩に届けたかと察した。

二人の問答を無視して染之助が武芸者二人に命じ、二人が抜刀した。また自らも戦いに加わる所存か、刀の柄に片手を置いた。

「静太郎様、お手だしは無用ですぞ」

と制した赤目小籐次が、

「町奉行佐々様に申し上げる。水戸ご城下をお騒がせ申し、真に恐縮にござる。江戸住人赤目小籐次、降りかかる火の粉を払い申す」

小籐次は、備中国次直二尺一寸三分を静かに抜き放った。

二人の剣客は次直よりも三、四寸は刃渡りが長い豪剣を八双《はっそう》と逆八双にとり、阿吽《あうん》の呼吸で同時に仕掛ける構えを見せた。

小籐次は次直を左斜め前に、切っ先を地面に向けて下ろしていた。

静太郎と佐々の従者の持つ二つの提灯の灯りが、三人の戦いを照らし出していた。

間合いはほぼ一間半。

武芸者二人の弾む呼吸と提灯の灯心が燃える音が戦いの場に聞こえていた。

小籐次は石の如《ごと》く五尺一寸の矮軀を静止させていた。

おりぁ！

おうっ！

武芸者二人の裂帛《れっぱく》の気合いが響いて、ほぼ期せずして同時に動いた。

八双と逆八双に構えられた剣の動きを見定めた小籐次が次直を脇構えに移すと、
すいっ

と呼応して右手に走った。
小さな体が逆八双に構えた相手の内懐に飛び込むと、次直が、
ぱあっ
と相手の胴を抜き撃った。
電撃の一撃で避けようもない。
げええっ
という悲鳴と、
「来島水軍流、流れ胴斬り」
と静かに告げる小籐次の声が重なり、小籐次の体が方向を転じて、二人目の武芸者に水が迸《ほとばし》るように走った。
二人目は八双から方向を転じる小籐次に斬り下ろしてきた。
小籐次の剣が虚空で翻り、互いに踏み込み合った相手の首筋を再び、
ぱあっ
と刎《は》ね斬った。
血飛沫が灯りに浮かび、前のめりに二人目が倒れ込んだ。
「漣《さざなみ》」

一瞬の斬撃に、その場にある者は誰一人として声が出ない。

「佐々様、ご城下を汚《けが》して相済まぬことにござる。お調べなれば、どちらへも同道いたす」

佐々の視線が、闇の中に刀の柄に手をかけたまま呆然と立ち竦む市塚染之助を捉《とら》え、

「市塚染之助どのも偶々この場を通りかかられた様子じゃな、お行きなされ。後の始末は佐々が付け申す」

と命じた。

町奉行にそう宣告されては、市塚も後ろ下がりに消えるしかない。

「赤目様と申されたか。水戸城下に不逞《ふてい》の浪人が潜り込んだと聞いて警戒に当たっていたところ、われらへの助勢、真に有難く存ずる」

町奉行佐々主水は、騒ぎが水戸藩に関わりなきことを宣告し、

「太田様、仔細は明日《みょうにち》。お二人を送っていかれよ」

と言い添えた。

第五章　七番籤の刺客

一

七つ（午後四時）過ぎ、千住宿の石源の親分や手先の周次らに見送られて、小籐次が操る小舟は問屋場の船着場を離れた。

千住宿を西から東に向って掘り割られた熊谷堤の両岸の田圃から、薄く灰色の煙が上がっていた。野良仕事をする百姓衆が稲の切り株を畦《あぜ》に集めて燃やす煙だった。

「帰りは久慈川下りに始まり、赤目様の櫓捌きで芝口橋まで辿りつけそうで、思い掛けない旅でした」

昌右衛門の口ぶりには江戸に戻った喜びがあった。

「昌右衛門どの、それがし、なんとも楽しい道中にございました」

と応じる小籐次に、普段は滅多に口を利かない手代の浩介が、

「赤目様とご一緒に旅をしますと、退屈は致しませぬ」

と笑った。こちらも御用を済ませ、なんとか無事に江戸に戻れそうだという安堵が漂っていた。

「真に相すまぬことにござる」

小籐次は小舟を南へと向けた。

牛田堀に入り、土手の向こうは柳原村だ。

小籐次は櫓を漕ぎながら、水戸を発った朝のことを思い出した。

太田静太郎が一行を水戸街道の出口まで思い掛けなくも見送ってくれた。その静太郎が、

「昨夜はご迷惑をおかけしました」

と謝ると、

「久坂華栄様、わが父の太田拾右衛門も市塚染之助様の重ねての無法を聞き、昨夜のうちに動かれました。あの場に町奉行の佐々様が通りかかられたのは、なんとしても二家にとって僥倖《ぎょうこう》でした。鞠どのの一件は、内々に久坂様が藩御目付、

町奉行に届けられまして、家老市塚家のこれまでの功績を考え、しばらく様子をみようという矢先のことだったそうでございます。昨夜の狼藉で、染之助様の廃嫡がほぼ決まりそうだということでした」

「市塚家には染之助様のほかに後継《あとつぎ》はおられますか」

昌右衛門が市塚家の存続を案じた。

「次男の寄次郎様は剣術自慢の兄と違い、文に長《た》けた方でもの静かなご気性です。おそらく寄次郎様が染之助様に代わられるのではと父も申しておりました」

と静太郎の言葉の中にも安堵の様子が窺えた。

「父からの言付けです。水戸での御用はあと二日で済む、その後、江戸に上るそうです。久慈屋、赤目様、お二人との江戸での再会を楽しみにしておると伝えてくれとのことでした」

昌右衛門が頷き、

「これで一件落着ですね」

と呟いた。さらに静太郎が、

「それもこれも赤目様のお力のお蔭にございます。鞠どのも、赤目様にわれらの祝言に出て頂けないものかと繰り返しておりました」

「静太郎様、鞠姫様とお幸せにお暮らしなされよ」

とだけ答えた小籐次は、別れの言葉を太田静太郎に告げたものだった。

帰路は往路のような騒ぎもなく、二泊三日の道中で千住に着き、千住宿に預けておいた小舟が旅の締めくくりであった。

「おおっ、荒川が茜《あかね》色に染まっておりますよ」

この界隈では荒川の上流が西に当たる。その西空から傾いた夕日が流れの上に差しかけ、薄赤い色に染めようとしていた。

牛田堀から荒川へと出た小舟は、茜色の夕日を背から浴びながら流れに乗った。

「赤目様、人の生き方は様々にございますな」

昌右衛門が突然言い出した。

「そうではございませぬか。赤目様は、豊後森藩におられたときはひっそりと奉公を続けてこられた。失礼ながら、森藩という小さな池を一旦飛び出された後は大名数家を震撼《しんかん》させるほどのご活躍で、江戸じゅうに名が知られ、水戸家の斉脩様も赤目様のことを承知と申されたそうな。五尺の矮軀ながら赤目小籐次という人物、世間のなににも囚われない大きな海が似合っておられるのですよ」

「昌右衛門どの、買いかぶりにござる。すべては成り行きでな、こうなってしもうたのです」

　小籐次の語調には嘆きがあった。

「まあ、久留島の殿様が参勤で江戸に見えられる折、肥前鍋島の有志、追腹組が動くという風聞もございますがな。こう世に知られてはいくらなんでも動くに動けますまい。動きがあれば、鍋島家中でも必死に阻止なされるでしょうからな」

「何事もなきことを、それがしが一番願っております」

「赤目様、もしなんぞあれば、此度は水戸家が黙っておりませんぞ」

　昌右衛門の言葉に力が入った。

「旦那様自らがお働きになるような力の入り方にございます」

　と浩介が笑った。

　小舟は荒川から大川へと名を変えた橋場の渡しを過ぎ、おぼろに浅草寺の甍が見えてきた。

「やはり、江戸はようございますな」

　と江戸の町並みを望んだ昌右衛門が、

「赤目様、水戸の殿様にお見せする行灯、早々に作って下されよ。西ノ内和紙なれば、漉き模様の異なるものがいくらもありますでな」

と江戸で名代の紙問屋の主が念を押した。

「明日にも竹の切り出しに参ろう。此度はちと工夫を致す」

「ほう。あの行灯以上に創意をなされますか」

「折角、職人衆が漉かれた西ノ内和紙、ただ竹に張ったでは勿体ないような気がしますでな」

と小籐次は答えただけで、創意工夫がなにか話さなかった。

鐘は上野か浅草か。

折から暮れ六つを告げる時鐘の音が川面に伝わってきて、舟上の三人はしみじみ江戸に戻った気になった。

半刻後、すでに暮れなずんだ築地川を上がり、御堀と東海道が交わる芝口橋の久慈屋の船着場に小舟は安着した。

「大番頭さん、旦那様方のお戻りですよ！」

小僧の国三が、小籐次の漕ぐ小舟の姿に目を留めて大声を上げた。久慈屋ではちょうど店仕舞いの刻限で国三は手に箒《ほうき》を持っていた。

「おおっ、戻られたか」

大番頭の観右衛門ら大勢の奉公人が店から飛び出してきた、中には算盤やら帳簿を手にした手代たちもいた。

「お帰りなさいませ」

「ご無事の帰着、ようございました」

奉公人たちが口々に叫び、国三が浩介の投げた舫い綱を取り、杭に結んだ。

「大番頭さん、皆さん、ただ今戻りましたぞ」

と昌右衛門が一同に声をかけると、観右衛門が、

「今日あたりには戻られるはずだと話しておったところです。旅は平穏無事にございましたかな」

「大番頭さん、赤目様をお連れしたのは、江戸を離れてのんびりして頂こうと考えた末でしたな」

「はい。旦那様からそうお聞きしております」

「赤目様はどちらに行かれてもお助け大明神、退屈しのぎの種には事欠きませんでした」

「おやおやなんということでしょう。それにしても旦那様、お顔の色も江戸におられるときよりも艶々《つやつや》と輝いておられます」

「赤目様に驚かされたり、喜んだりしたのがよかったのでしょうかな」

と笑い、

「お店は変わりありませんか」

「こちらの方は至って平穏無事にございます」

「やはり風雲の主は赤目様のようですね」

「旦那様、これで江戸も退屈せずに済みますすな」

「一首千両の酔狂者たちは暴き出されましたかな」

と昌右衛門が江戸での心配事を観右衛門に尋ねた。

「難波橋の親分が、昨日あたりから赤目様は戻っておられませんかと得意げに顔を出されるところを見ると、おそらく一味の正体は突き止められたと推量しますがな」

「それはなによりでした」

三人は出迎えの人々と船着場から店へと入り、店に残っていた奉公人やら女衆の出迎えをさらに受けた。

濯ぎ水で足を洗った昌右衛門と一緒に小籐次までもが奥座敷に行くと、今度は昌右衛門の内儀のお楽や娘のおやえが出迎え、すでに膳と酒が出ていた。

「おまえ様、西野内の忠左衛門様方はお変わりございませぬか」

「すこぶるご健康でな。周りが少々迷惑をしているほどだ」

「なによりでございます」

おやえが小籐次に早速杯を持たせ、

「赤目様、お父つぁんのお守《もり》、ご苦労にございました」

と礼を述べた。

「いえいえ、おやえどの。それがしにもなんとも楽しい道中でございましたぞ」

と小籐次はしみじみ答えたものだ。

おやえが小籐次の杯を満たし、

「まずはお一つ」

「赤目様、まずは喉を潤して下さい」

と促した。

「それがしだけ頂くわけには参らぬ」

「いえ、酔いどれ小籐次様に酒を待たせたとあっては罰が当たります。私どもはゆるゆると頂きますでな」

昌右衛門の言葉に、

「ならば頂戴致す」

と小籐次が下り酒の香を嗅ぎ、悠然と飲み干した。

「これにて常陸西野内の道中話を皆さんに話す仕度が整いましたぞ」

昌右衛門が旅のあれこれを話し始めた。

その座には家族のほかに観右衛門を始め、西野内から江戸店に奉公に出てきた使用人が大勢いた。皆、故郷の話が聞きたくてしょうがないのだ。話がさらに水戸での出来事に移り、

「なんと赤目様の竹細工が水戸の殿様に献上されますか。この観右衛門も見てみたいものですな」

「小姓頭の太田様が、久慈紙をさらに広めるために赤目様の竹細工はうってつけと申されましてな。明日から、赤目様は水戸斉脩様にお見せする行灯作りをなさいますぞ」

「ならばとっておきの久慈紙、西ノ内和紙を選んでおきます」

膳には西野内から浩介が運んできた川魚の甘露煮やら山菜が並び、観右衛門ら西野内の奉公人たちを喜ばせた。

この夜、久慈屋では主一行の帰宅を祝って、いつまでも賑やかな話し声が続いた。

今宵は店に泊まりなされという昌右衛門らの勧めを振りきり、ほろ酔いの小籐次が船着場の小舟に乗ったのは四つ半（午後十一時）の頃合であったろう。

御堀には、冷たい夜風が築地川のほうから吹き上げていた。

だが、五合ほど酒を飲んだ小籐次には、冷たい川風が頬に気持ちよく感じられた。

小舟の艫に座して半身の姿勢で櫓を握っていた。

御堀は左手に三十間堀《さんじつけんぼり》が口を開けていた。だが、新兵衛長屋のある堀留は右手だ。

そういえば、新兵衛のことを観右衛門に聞くのを忘れたがどうなったであろうか。

そんなことを考えている小籐次の耳に切迫した櫓の音が響いた。

三十間堀からだ。

小籐次は半身から片膝の姿勢に移した。

矢のような速さで二艘の早船が現れた。それぞれ船頭の他に四、五人の武装した侍が乗っていた。

どちらの船も、舳先の二人は真槍の穂先を月光に煌かせて構えていた。

「肥前鍋島四家有志追腹組見参《けんざん》！　赤目小籐次、葉隠武士の意地を知れ！」

早船の中央で、どっかと腰を下ろした武家が叫んだ。

「お手前は」

小籐次が叫び返しながら、舟底に横たわる竿を握った。

「蓮池《はすのいけ》鍋島家長柄槍組足軽組頭、心形刀流《しんぎょうとう》師範立田修理《しゅり》太夫《だいふ》である。覚悟せよ！」

二艘の早船は三十間堀から御堀へと曲がった。そこで内側の船と外側のそれで差が開いた。

小籐次は片足を櫓にかけると舟の方向を固定させ、先陣を切って突っ込んできた早船の舳先に立つ槍の武士に竿を突き掛けた。

相手も槍を竿に合わせた。

竿と槍では三尺ほどの長短があった。

小籐次の竿先が前後二度ほど目にも留まらぬ早さで往復すると、槍の武士二人が早船から水面へと突き転がされていた。

来島水軍流は船上の戦いを想定し、櫂《かい》も竿も武器として使い方を教え込まれるのだ。

さらに小籐次の竿が横手に薙いだ。

五尺少々の矮軀のどこに、そのような力が秘められていたか。剣を構えて小舟に飛び込んでこようとした二人の武士が腰を叩かれて落水した。さらに船頭が叩き落とされ、一艘目の船に残ったのは一人だけだ。

小籐次の小舟と立田修理太夫が乗る二艘目が離れた。間に船頭を失った一艘目が浮かび、二艘目から手出しはできなかった。

小籐次の小舟は七間ほど進んだところで反転した。速度が出ていないことと、小舟の軽便さの利であった。

だが、猛然と突っ込んできた早船は、小舟に比べ船体も大きく、五人の人間の重さがかかっていたから、速度を落とし停船するのに手間取った。

相手がもたつく間に小籐次は櫓を両手で握り、小舟に速度を与えた。

小籐次もまた来島水軍流の末裔であり、亡父に船上での戦を叩き込まれ、船の扱い、櫓捌き、竿捌きを教え込まれた人間だった。

小舟は未だ転回中の早船を後方から襲う恰好になった。

小籐次は櫓の先端を帯紐に挟み込むと固定し、再び竿を鑓のように構えた。

「急ぎ方向を転じよ！」

立田修理太夫の焦った声が堀に響いた。

見る見る両船の間合いが狭《せば》まり、必死で回り込もうとする早船から槍が突き出された。だが、槍よりも長い竿が電光石火に突き出され、再び二人の槍方が水面へと投げ出された。

「おのれ！」

立田が中腰になり、後ろを振り向いた瞬間、小籐次の小舟の舳先が早船の船縁《ふなべり》に斜めからぶつかり、立田はよろけ転げた。だが、なんとか落水することを免れた。もう一人は踏ん張り切れずに転落した。

再び二つの船は離れた。

小籐次は再び方向を転じ、小舟を止めた。

早船も、なんとか小籐次に向って対面するように舳先を立てた。

水上での間合いは十数間あった。

早船の真ん中で、追腹組の刺客の頭目が両足を踏み締めて立ち上がった。

「赤目小籐次、そなたの素っ首に千両もの値がついたそうな。われら、鍋島四家が江戸の酔狂者に先を越されてたまるか。肥前鍋島家葉隠武士の意地をとくと見よ！」

改めて宣した立田が剣を抜いた。

早船の船頭がゆっくりと櫓を操り、間合いを縮めてきた。

小籐次は小舟の真ん中に移動し、握っていた竿を船縁に沿って水底に突き刺した。

ずぼり
と竿の先端二尺ほどが泥濘《ぬかるみ》に刺さり込み、水面から六尺ほど杭のように浮き出て見えた。

竿を刺したことで小舟が安定した。

小籐次は両足を開いて立ち、次直を抜いて切っ先を左前方に寝かせ、左手一本に構えた。

右手は突き立てられた竿を握っていた。

早船は停止した小舟の右舷から迫ってきた。

立田修理太夫は正眼の剣を胸元に引き付けた。

腰が沈み、
おおおっ！

という怒号とともに虚空へ、小舟の小籐次に向って飛んだ。

小籐次の矮軀を上空から押し潰すように大剣とともに落下してきた。

竿を握った小籐次の右手に力が入り、右足だけが船縁を蹴り出した。そのせいで小舟が竿を支点にして、
くるり
と回った。

立田はふいに目標を見失い、二つの船の間に落水した。

小籐次は竿の手を外すと、水面に浮かび上がってきた立田修理太夫に、

「追腹組刺客頭領立田修理太夫、お命頂戴！」

と闇に潜んで戦いの経緯を見届けているはずの影に向って宣告し、水面から驚愕の表情で見上げる立田の喉首を次直の切っ先で貫いた。

「来島水軍流脇剣五の手、水中串刺し」

非情にも乾いた声が堀端に流れて、戦いは終息した。

二

翌朝、難波橋の秀次親分の家を訪ねた小籐次の背には、太い青竹の束が負われ

ていた。玄関脇に荷を下ろす小籐次に、銀太郎が、

「小正月は終わったというのに門松《かどまつ》でも作りなさるか。あっ、そうか、研ぎ屋の引き物をこさえる竹だな」

と独り合点した。

「親分はおられるか」

「赤目様のお帰りをさ、首を長くして待っておりましたよ」

小籐次は玄関に入り、濡れた草履を脱いで手拭で足裏を拭き、そのついでに仕事着の裾を払った。

居間には、秀次とおみねの夫婦が茶を飲んでいた。

「旅はどうでした」

「此度も千住の石源親分の世話になった」

と小舟を預けた経緯を語った。

「初めて水戸様のご城下に足を踏み入れたが、梅の香が馥郁と漂うところであったわ」

と答えた小籐次は、

「親分方に汗を掻かせて相すまぬことであった」

一首千両の探索をする秀次に詫びた。

「まあ、赤目様、お座りなさい」

小籐次が長火鉢の前に座すと、おみねが手際よく茶を淹れてくれた。

「おかみさん、頂戴致す」

早朝から品川宿西側の今里村の竹藪まで往復してきた小籐次の喉は、からからに渇いていた。その渇きをいやすように茶は甘く感じられた。

小籐次はこの日、竹を切り出した後に、今里村の大身旗本大御番頭水野監物の下屋敷に奥向きのお女中おりょうを訪ねて、年賀の挨拶をなしていた。

おりょうは小籐次を座敷に招じ上げようとしたが、

「挨拶のみにて失礼致す」

と固辞し、西野内村において密かに細工した数種の竹櫛を差し出した。

「これは……」

おりょうが受け取り、あまりに見事な細工の毛筋立て細櫛、たぼかき櫛、きわ出し櫛の数々を、息を飲んで見詰めた。

「水戸領内に久慈屋どのの供で旅を致し、竹で作ったものにござる。本来なれば毛筋を立てる櫛は黄楊《つげ》で作るものでござろうが、竹で遊んでみた」

「赤目様は、これをおりょうに」

「迷惑でござろうか」

「勿体のうございます。おりょう、生涯大事に使わせてもらいます」

「よかった」

とほっと安堵した小籐次が踵を返そうとした。すると、おりょうが、

「どうか正月ゆえ、一献召し上がっていってください」

と再び引き止めるのを振り切り、難波橋まで戻ってきたのだ。

「赤目様、一首千両なんて馬鹿げた遊びを考えた酔狂者、ほぼ分りましたぜ。ちょいと時間がかかり過ぎましたがな」

と答える秀次の語調は複雑だった。

「江戸って都には、昔から一日千両と称される町がございます。日本橋の魚河岸、二丁町の呼び名の芝居町、それに花の吉原五丁町の三箇所だ。この千両というのは一日に大金が落ちるという意でしてな。ただ今ではその何倍も稼ぎ出しておりましょう。そんなわけで、わっしもまず旦那の近藤精兵衛様の同意を得て、この辺りから探索を始めました」

秀次はそこで茶を一口飲んだ。

「ところが、どこでも酔狂者の噂を聞かないや」

「ほう」

「次に、吉原に遊び飽きた大尽連中が深川やら柳原の岡場所やら茶屋に集い、そんなことを考えたかと探してみたが、これも手がかりなしだ」

と秀次が頭を振った。

「こうなれば船宿土手梅に出向き、なにがなんでも船頭田平を今いちど締め上げるかと考えた頃合でさあ。村上平内様の道場に見張りをしていた手先がねえ、門前でなされた奇妙な問答を聞いたんでさあ」

「奇妙な問答とな」

「へえっ、羽織袴の侍がひっそり閑《かん》とした村上道場を訪ねたと思いなせえ。主は死に、道場は畳むことが決まっております。村上家の救いはさ、一人残っていた娘のしづ様を嫁にとるという旗本二百三十石、石塚家が、此度の事件に関わりなくしづ様にはなんの罪咎《つみとが》なし、と嫁に迎え入れるという話だ。当たり前といえば当たり前の話ですがねえ、なかなかその道理が通らないのがこの世の中だ」

と秀次の話は外れ、また戻った。

「そんな最中のことだ。しづ様が弔問に訪れた用人風の武家を門前で問い質したそうな……」

麹町の村上道場は、町家と武家屋敷の交わる十三丁目の南側にあった。

そのとき、道場を見張っていたのは難波橋の手先の兄貴分の信吉だ。

麹町界隈に薄暮が訪れていた。

「もうし、失礼とは存じますが、どなた様にございましょうか」

しづの声が辞去しかけた武家の背に投げかけられた。

用人が向き直った。

「それがしの主がそなたの亡き父上村上平内様とな、その昔、竹刀《しない》を交えて稽古をした仲とか。村上平内どのの死を知ったのはつい最近のことでな、弔問が遅くなった。許せ」

「主様はどなたにございますか、礼に上がらねばなりませぬゆえ、お教え下さい」

「その儀ばかりはお許しあれ。それがしの主は表に立つことが憚《はばか》られるお方でな」

「父とはどこの道場でご一緒でございましょうか」

としづが毅然《きぜん》と問いかけた。

その手には袱紗《ふくさ》包みがあるのを信吉は見ていた。

「さて、それは」

用人が答えに窮した。

「主様はご身分のある方と察せられます。父は浪々の身が長く、私ども一家が江戸に出て参ったのは十数年前のことです。なんとか手助けしてくだされる方がございまして、この麴町にささやかな道場を構えたのは四年前のことにございます。父にご身分のある方との付き合いがあったとも思えませぬ」

村上家の主婦を務めてきたというしづが言い、

「お気持ちだけを頂戴致します」

用人風の男が仏前に置いたと見られる袱紗包みを弔問者に差し返した。

信吉は袱紗には包金が入っているようだと睨んだ。

押し問答の末、金子が返され、用人が村上道場を早々に立ち去った。

「信吉の手柄でさあ。用人が戻った先をきちんと突き止めました」

小籐次が頷いた。

「赤目様、用人の主はなんと上様のお食事の材料の仕入れなどすべてを掌《つかさど》る、若年寄支配下の御賄頭《おまかないがしら》早乙女図書助《さおとめずしよのすけ》様にございました」

「御賄頭、にござるか」

小籐次には、その役職がはっきりとは頭に思い浮かばなかった。

「へえっ、このお役、二百俵高御役料二百俵、身分はそう高くございません。ですが、将軍家の食べ物すべてを仕入れる役目の頭にございますれば、お上の威光を笠に着て、出入りの商人をどうとでもできる」

「賂《まいない》を受けとっておられたか、早乙女様は」

「早乙女様の下に御賄吟味役というのがございます。五十俵高二人扶持ですが、将軍家に供する食膳の吟味と経費、出入りの商人を監督する役目です。この役目に早乙女様の甥《おい》、越後庄左衛門と申される方が就いておりましてな。早乙女様と越後様が組んで、特定の商人に便宜を図り、その見返りにかなりの額の金子が早乙女様と越後様の懐に流れ込んでいたと思えます。それも長年にわたってのことのようです」

小籐次はただ頷いた。

「いえね。こんな話は、もはやわっしらの手に負えません。ともかく、信吉が早乙女家を突きとめ、さらにわっしが村上平内の娘のしづ様に訊いて香典が包金二つ五十両であることを確かめました。いくらなんでも昔の剣仲間が仏前に差し出す金子にしては額が大き過ぎます」

「全くであるな」

「で、ございましょう。そこで早乙女様の暮らしぶり、道楽を調べ上げました。早乙女様は実に道楽の多い方でしてな。碁、能狂言から吉原での遊びなど実に幅が広うございます」

「その道楽を商人からの賂が支えておったのかな」

「仰るとおりでしてな、早乙女様には遊び仲間がおりやした。同輩の御賄頭、旗本益田亀吉様と申される方を始め、幕府のお役人が四人、札差《ふださし》、両替商、油問屋、薪炭商、妓楼の主など町人が十数人ほどで、明和から天明にかけての二十年間に豪勢な遊びぶりで巷《ちまた》に名を轟《とどろ》かせた十八大通《だいつう》の向こうを張り、十八酔狂人と称した集まりにございます」

十八大通とは、札差の暁雨《ぎょうう》こと大口屋治兵衛らが金融で儲けた大金をふんだんに浪費して、華の吉原などで通《つう》や粋《いき》を気取った一団であった。

武家を頂点とした社会に金で対抗して通を気取ってみたが、所詮は劣等意識の裏返しに過ぎなかった。

「十八酔狂人なる、その方々が、それがしの首に千両もの大金を賭けたのですな」

「いかにも」

と、ここまで滑《なめ》らかだった秀次の語調が急に鈍った。

「十八酔狂人は十八大通に比べれば小粒です。ですが、幕府のお役人が加わっておられては、もはやわっしらの手には負えませんや。そこでわっしの旦那の近藤様から上役の与力五味様へ、さらには南町奉行岩瀬伊予守氏記《うじのり》様を通して、探査願いが極秘に御目付に上げられ、若年寄の耳にも届いたそうにございます。と、ここまではわっしらの耳にも入りました。あとはどう決着がつくのか……ともあれ、早乙女様方のお調べは若年寄、御目付の手で、町人ら十八酔狂人に関しては岩瀬奉行の直々の采配《さいはい》で五味様が動いておられますので、なんとも手の下しようがございません」

と秀次が話を締め括った。

「念を押すが、御賄頭の早乙女様が村上平内を雇った主と申されるのだな」

「へえっ。しづ様は早乙女様と亡き父の交わりがないことで怪しく思われ、多額の香典、包金を突き返されました。だが、二人の交わりはございましたので」

「あったか」

「村上様の道楽はうまくもない俳句を捻ることでしてねえ。湯島天神で催される句会にしばしば出ておられた」

「早乙女某もまた句会の常連であったか」

「早乙女様は湯島天神の神官と親しい交わりがございましてな。その関わりから句会に出ておりました。そこで二人は知り合いになったようなんで」

「村上様は、しづどのになにがしかの持参金を持たせようと、早乙女様からの依頼を受けられたか」

「仰るとおりでした。そのことをしづ様に申し上げたら、父上はなんと愚かな申し出を受けられたものか。しづはそのような金子を持参金にしてまで嫁に行きたくはございません、と涙を零されました」

「なんと」

「その場に同席なされたのが、しづ様のお相手、旗本石塚家の実道様にございました。元々、実道様は村上様の剣の弟子でしてねえ。それが縁でしづ様の石塚家への嫁入りが決まったのです。実道様は決して風采はよいと申せませんが、心根のよくできたお武家でしてねえ。しづ様の身はそれがしがなんとしても守る、とはっきりと申されてねえ。この一件のただ一つの光明でさあ」

「よかった」

小籐次は身に降りかかった火の粉とはいえ、討ち果たした相手の家の事情と哀しみを知り、胸を痛めていた。

「赤目様、ちと気になることが一つございます」

「まだなにかあるか」

「へえっ」

と答えた秀次が、

「与力の五味様は、もはや赤目小籐次様に三番籤の刺客が姿を見せることはあるまい、それぞれきついお咎めを待つ身ゆえ、と申されたそうな。ところが、わっしの旦那の近藤精兵衛様は、十八酔狂人の頭はわっしら町方にはどうも知らされていない。早乙女御賄頭などという小物ではないようだ、まだ何かありそうだ、と申されるので」

「なんぞ確証あってのことか」

「いえ、近藤様の町方同心としての勘のようなものでございましょう」

「ならば、精々気をつけよう」

小籐次は秀次に礼を述べると、難波橋の親分の家を辞去した。


この日、小籐次は新兵衛長屋で切り出してきた青竹を割り、竹片や竹ひごを一日じゅうこさえていた。

昼下がり、壁が叩かれ、

「赤目の旦那、渋茶を淹れたけど一服しねえか」

という勝五郎の声を聞いた。

壁の向こうからは勝五郎が版木を削る鑿の音がしていた。

「ただ今参る」

版木の削りかすの間に小籐次の座が設けられ、茶と茶受けに青菜の漬物が丼に盛られて出された。

「これは美味そうな」

小籐次と勝五郎はしばし仕事を忘れて茶を喫した。

「大家の新兵衛どのはどうしておるな」

「お麻と亭主の桂三郎夫婦が娘のお夕を連れて引っ越してきましたよ。長屋の差配を二人がやることになったので」

　どうやら、昌右衛門が話したとおりに決着がついたようだと、小籐次は一安心した。

「さすがに久慈屋だ。仕事もできねえ大家をそのまま家作に住まわせておくと、この近所の評判だがねえ、お麻ちゃんも亭主も大家の仕事はずぶの素人《しろうと》だ。慣れるまで大変だろうぜ」

「なんでも表立った後見は、久慈屋が手伝うと申されていたがな」

「それにさ、親子といっても、毎朝よ、新兵衛さんに、はておまえさんはどなたかな、と尋ねられるお麻ちゃんも辛かろうぜ」

「これもまた正気な側が慣れるしかないな」

「全くだ」

　どぶ板を踏む音がして、

「赤目様」

　と呼ぶ声がした。

「国三さんか」

　小籐次の声に、久慈屋の小僧の国三が顔を覗かせた。

あった。


「大番頭さんがお越しいただきたいと」

「一緒しようか。ちと待ってくれ」

小籐次は部屋に戻ると前掛けを外し、大小を腰に差した。それで仕度はなった。なにがあってもいいように菅笠を手にした。その縁には竹とんぼが差し込まれてあった。

「待たせたな」

二人が木戸口に来ると、大家の新兵衛の家の前に新兵衛と娘のお麻が立っていた。湯にでも行くような恰好で新兵衛は手拭を下げている。お麻の手にも手拭があった。

「お麻さん、引っ越してこられたそうな。よろしくお付き合いを願おう」

「赤目様、こちらこそよろしく願います」

家から実直そうな男が出てきた。腕に三歳ほどの娘を抱いていた。

「赤目様、亭主の桂三郎に娘のお夕です」

とお麻が紹介した。

桂三郎がお夕をお麻に渡して、

「赤目様、お義父《と》つぁんが迷惑をかけました。私どもがこちらに参り、お義父つあんの手伝いをすることになりましたが、なにしろ職人でして、気が利かねえところもございましょう。精々努めますのでよろしゅうお頼み申します」

「こちらこそ、よろしくな」

湯屋には桂三郎が伴うのだ。

「お麻、行ってくらあ」

「湯銭と手拭だよ」

と亭主に渡し、桂三郎が、

「お義父つぁん、行きましょうか」

と声をかけると新兵衛が、

「どなたか存じませぬが、ご親切様」

と言ってさっさと歩き出した。

お麻の小さな溜息に送られるように、桂三郎が新兵衛の後を追った。


久慈屋には船着場に数艘の荷足り舟が止まり、どこからか送られてきた菰包みが荷揚げされていた。

「吉野紙の荷揚げです。吉野といっても大和国ではありません。土佐の吉野です」

と国三が説明してくれた。

観右衛門は帳場格子の中で、なにごとか思案していた。

「大番頭さん、赤目様をお連れしました」

小僧の声に顔を上げた観右衛門が、

「早々に恐縮でございますな。ちとお上がり下さい」

と小籐次を店の裏手に連れていった。

庭に面して、上客などと面談するための座敷が何部屋かあった。

開け放たれた障子の向こうから、穏やかな光が畳の上に差し込んでいた。

観右衛門は隣りの光が入らぬ座敷から紙の束を運んできた。

「西ノ内和紙でも漉き模様の美しいものを選んでおきました。水戸の殿様にお見せするのに、ありきたりの西ノ内和紙ではお叱りを受けますでな」

観右衛門が畳の上に幾種類もの西ノ内和紙を広げ始めた。

それらの和紙が、何代にもわたって漉かれた西ノ内和紙の中でも最上等のものであることを、そして久慈屋が大事に残しておいたものであることを小籐次は悟った。

小籐次は、紙の漉き模様が微妙に繊細に変わる紙一枚一枚を光に翳して調べ、三組の紙を選んだ。

どれも漉き模様の風合いが美しかった。

「足りますかな」

「まずは大丈夫かと」

小籐次は朝のうちに竹切りに行ってきたことを告げた。

「まずは試しに一つ作ってみます」

「お願い申しますぞ」

頷いた小籐次は竹取りの帰りに秀次親分の家に寄り、聞き知った一首千両の探索の次第を観右衛門に報告した。

「なんと御賄頭様が、関わっておられましたか」

と深い溜息を吐いた観右衛門は、

「さりながら、まずこの一件落着にございましょう」

と安堵の表情を見せた。

「大番頭どのの心中を騒がせて申し訳ない。じゃが、別口がな……」

「別口とはどういうことですかな」

観右衛門が身を乗り出した。

「昨夜、こちらの帰りに御堀でな、追腹組の刺客に襲われた」

観右衛門の両眼が大きく見開かれ、

「一難去ったと思ったらまた一難。赤目様のご身辺はなんということにございますか」

と嘆息した。

三

京菜、春大根、分葱《わけぎ》のほかに慈姑《くわい》などが、うづの百姓舟には山盛りに積まれて、春の深まりを告げていた。

この日は朝から蛤町の裏河岸にうづの百姓舟と小舟を並べて、研ぎ仕事をした。

客足が遠のくと、うづが籠に野菜を入れて、

「春菜、大根、大根の葉も美味しいよ！」

と裏長屋を回って歩く。四半刻もすると、菅笠の下の額に汗を光らせたうづが、空の籠にさびくれた菜切り包丁などを入れて戻ってきた。

「赤目様、万徳院裏手の雨漏り長屋のおつねさんから頼まれたの」

と小籐次の注文まで聞いてきてくれた。

「相すまぬな。研ぎ屋の注文までとらせて」

「お昼はご一緒しましょう、久しぶりだもの。握り飯をおっ母さんが二つ持たせてくれたの」

「うづどのの昼餉を横取りして悪いな」

「赤目様の旅の話を聞きたいの」

小籐次はうづに再会したとき、何日も留守をしていた理由を聞かれていた。

「すまぬことであった。久慈屋どののお供で常陸の西野内村に紙の仕入れに行っておった」

と仕事を休んだことを告げていた。

うづが預かった菜切り包丁が研ぎ上がり、今度は小籐次が届けに出ることにした。そろそろ九つ（正午）の時鐘が響いてきそうな刻限だ。

船着場から河岸へと上がる水面はきらきらと光を映して煌き、水が温《ぬる》んでいることが分った。

万徳院は奥川町にある小さな寺だ。

小籐次とうづが舟を止めた裏河岸の堀とは別の、堀向こうにある雨漏り長屋に研ぎ上げた包丁を届け、帰りは別の道を通って蛤町へと戻った。すると、蛤町と黒江町の路地に小さな蕎麦屋を見つけた。

間口一間半ほどの小さな蕎麦屋だ。看板もないが、入り口に竹が数本植えられ、風にそよぐ様はそこはかとない風情が感じられた。

「なんと、このような場所に蕎麦屋があったか」

路地に鰹節《かつおぶし》の匂いが漂い、蕎麦つゆでも煮込んでいる様子だ。ねじり鉢巻の親父の顔が格子窓の向こうに見えた。

「ちと頼みがある。かけを二丁作ってくれぬか」

「こちとらは商売だ」

「できた時分、取りに上がる。それがし、ほれ、そこの裏河岸で舟を浮かべて研ぎ屋をやっているものだ」

「おめえさんが酔いどれ小籐次様かえ。客の噂に聞いたが、お初のご対面だねえ。小僧に届けさせるぜ、舟に戻っていなせえ。うちも、うづちゃんの野菜を買っている口だ」

と答えた。

「ならば、お代を払っていこう」

小籐次は腹掛けから銭を出そうとすると、

「旦那、うちにも切れの悪い包丁が転がってらあ。こいつを研いでくれねえか。蕎麦の代がわりにな」

「それでよいのか。何本でも出されよ」

親父が格子の間から三本の包丁を差し出した。

「預かる」

小籐次が舟に戻ると、うづの舟には馴染みのおかつたちがいて買い物のついでにお喋りをしていた。これもまた裏河岸の野菜舟の楽しみの一つなのだ。

「そこの蕎麦屋さんから注文を受けた」

「あら、竹藪の蕎麦屋さんから」

「竹藪の蕎麦屋が屋号か」

とうづに問い直す小籐次に、

「裏路地の蕎麦屋だ、ご大層な屋号なんぞあるものか。ここいらじゃあ、竹藪蕎麦とか美造《よしぞう》さんの蕎麦屋と呼ばれているよ」

とおかつが答えた。

小籐次は頷くと、美造から預かった出刃包丁を研ぎ始めた。

「いけない、昼の刻限だよ」

「ついお喋りが過ぎた。うちの亭主にまた小言を食らうよ」

と慌てて女たちが船着場から消えた。

「赤目様、お昼にしようか」

うづが言ったとき、船着場へと小僧が岡持ちを持って下りてきた。手に貧乏徳利をぶら下げていた。

「あら、竹藪蕎麦の小僧さん。どうしたの」

「ご注文、遅くなりました」

小僧が岡持ちを船着場に置き、貧乏徳利と茶碗を小籐次に差し出した。

「うちの旦那が酔いどれの研ぎ屋にって」

「なにっ、これを飲めと下されたか」

小僧は貧乏徳利と茶碗を船着場の板の上に置き、岡持ちを開けた。すると、裏河岸にぷーんと鰹節の利いた出汁《だし》の匂いが漂った。

「小僧どの、一本だけだが研ぎ上がっておる」

かけ蕎麦を入れてきた岡持ちに研ぎ上がった包丁を入れた。

「どうなさったの、赤目様」

「研ぎ料が蕎麦代がわりでな、話がついた。だが、酒まで届くとはな」

「呆れた」

と驚き顔のうづが、

「小僧さん、この大根、おかみさんに差し上げて」

とかたちのいい春大根を渡した。

「おねえちゃん、ありがとう」

小僧が礼を言い、船着場から上がっていった。

「おっ母さんの作った高菜握りを一つずつ食べようと思っていたら、蕎麦まで届いたわ。昼間から贅沢ね」

「わしには酒まである。折角のご好意、頂こう」

小籐次は貧乏徳利の酒を茶碗に注いだ。

今度は酒の香が水辺に漂った。

うづは竹皮包みを解いた。すると、高菜漬けの葉を綺麗に巻いた大きさ目の握り飯が二つ出てきた。

「一つは赤目様の分よ」

うづは小籐次が茶碗酒に口をつけたのを見て、丼に手を出した。

「ご馳走になります」

小籐次は春の日差しを長閑に浴びて酒を飲み、蕎麦を食し、握り飯を頬張りながらうづに旅の話をあれこれと聞かせた。

「まあ、赤目様は水戸の殿様に竹細工の行灯を献上するの」

「ご領内で漉かれる西ノ内和紙を広めたいと家中では考えておられてな。家臣の方が殿様にお目にかけることになっておるが、なにせこちらは素人だ」

「赤目様の竹細工は素人のものではないわ。作りが丁寧で、なにより美しいもの。水戸の殿様もきっと喜ばれるわ」

「そうかのう」

「そうよ」

昼餉を終えたうづは河岸を変えるという。

「わしは、もう少しここでねばってみよう」

「ならばまた明日ね」

「母者に申し上げてくれ、握り飯がなんとも美味しかったとな」

「お蕎麦、ご馳走様」

うづの百姓舟が消えると、蛤町の裏河岸は急に日が翳ったような気配が漂った。

小籐次は空のどんぶりを堀の水でざっと洗い、貧乏徳利と茶碗を一緒に美造の竹藪蕎麦へ戻しにいった。すると美造が、

「噂に違《たが》わぬ仕事ぶりだねえ、切れ味が違わあ。今度はこいつを研いでくんな」

さらに蕎麦切りの大包丁を研ぎに出してくれた。

「酒代代わりに研がしてもらおう」

「そいつはいけねえぜ。互いにこれからは商売だ」

と釘を刺された小籐次は、美造の仕事包丁を舟に持ち帰った。

昼下がりからは、ぽつんぽつんと客が来て、夕暮れまで間なく仕事をした。

七つ半（午後五時）、客が途絶えたので店仕舞いをすることにした。濯ぎ盥の水を堀に捨て、道具を片付けた。

蛤町の裏河岸に女の悲鳴が上がった。

竹藪の蕎麦屋の路地辺りからだ。

小籐次は舫い綱を杭に結び直して、研ぎ終えていた蕎麦切り包丁などを手に舟を出た。

竹藪の蕎麦屋の前に七、八人の人影が、なにかを取り巻いて殺気立っていた。

どうやらその一人は美造のようだ。

小籐次は人の間から騒ぎの場を覗いた。

風体の怪しげな浪人者が女の首に片手を巻き付け、脇差の切っ先を喉に当てていた。その顔付きには自暴自棄の、荒《すさ》んだ表情が漂っていた。

年の頃は三十前後か。浪々の苦労が瘦《や》せた五体に染み付いていた。

浪人者と対峙する美造の手には出刃包丁があった。

「どうなされた」

小籐次は美造に囁《ささや》きかけた。

振り向いた美造も血相が変わっていた。

「酔いどれの旦那か。どうもこうもあるかえ。昼過ぎからうちに入ったこの客がさ、ちびちびと酒を飲んでいたんだが、金を払う段になったら、銭はない、この次まで付けにせよなんて抜かしやがる。そんでおれがさ、見ず知らずの客に付けが利くものか、番屋に届けるぜと言ったら、いきなりうちのかかあにあのとおりだ」

「事情は分った。この場は任せよ」

小籐次は蕎麦包丁などを美造に渡し、素手をひらひらと見せながら浪人者の前に出た。

「脇差を鞘に戻されよ」

「爺、余計な口出しを致すな。付けにしてくれと頼んでおるのだ、払わぬとは言っておらぬ」

「おてまえ、無理を申すではない。蕎麦屋など小商いは一文二文が儲りだ。それを初めての客に酒を飲まれ、蕎麦を食べられて付けにせよとは、ちと酷であろう」

小籐次のゆったりとした声が路地に流れ、その間に片手が菅笠の縁の竹とんぼにかかった。

「邪魔立てすると、そのほうも叩き斬るぞ」

「ほう、勇ましいな」

浪人の背後から騒ぎを聞きつけた町内の者が走りこんできた。浪人の注意が、ちらり
とそちらに行った。

小籐次が竹とんぼを抜くと、指で捻って飛ばした。

ぶーうん

路地の夕闇を裂くように飛んだ竹とんぼが、浪人の面に向って直進した。
突然の飛来物に気付いた浪人が、思わず脇差で竹とんぼを弾こうとした。
その瞬間、小籐次がするすると間合いを詰め、おかみさんと浪人者の間に矮軀を割り込ませると、次直の柄に逆手をかけ、そのまま引き抜くと、柄頭《つかがしら》を浪人の鳩尾にくいっと突っ込んだ。
うっ
と呻き声を洩らした浪人が、
へたへた
と腰砕けにその場に崩れ落ちた。
小籐次の背に立ち竦んでいたおかみさんにもなにが起こったか分らないほどの、一瞬の早業《はやわざ》だ。
「怪我はござらぬか」
と聞く小籐次の声はなんの乱れもない。
「はっ、はい」
と答えたおかみさんが、
わあっ

と泣き出して、一場の騒ぎは終わった。

堀留に小舟を着けた小籐次は、長屋の部屋に灯りが点っているのを見た。

訪問する人物に心当たりはない。道具をまず河岸に上げ、自らも舟から上がった。

戸を油断なく引きあけると、二人の侍が小籐次の帰りを待っていた。

肥前小城藩江戸屋敷中小姓伊丹《いたみ》唐之丞《とうのじょう》と赤穂藩森家の家臣古田寿三郎だった。

二人とも御鑓拝借騒動以来、敵味方の恩讐《おんしゅう》を越えての付き合いだった。

「ただ今、お帰りですか」

若い伊丹が、どことなくほっと安堵の顔を見せて言った。

「仕事せねば食べていかれぬでな」

と言う小籐次に、

「赤目様、隣りの住人の勧めでお長屋に邪魔をしております」

と古田が断わった。

火鉢に火が入り、行灯も点されていた。

勝五郎が気を利かせたようだ。

「そなたらが待ち受けるとは、またろくでもないことが生じたか」

二人が困った顔をした。

小籐次は道具を部屋の狭い板の間に運び込むと、井戸端に戻り、顔と手足を洗った。勝五郎の部屋を訪ね、

「世話をかけたな」

と礼を言うと、茶碗を二つ借り受けた。

勝五郎はまだ版木彫りに精を出していた。自分の部屋に戻ってみると、二人は最前の姿勢のままに黙りこくって小籐次を待っていた。

小籐次は板の間の隅にあった大徳利を手にして二人の前にどかりと座った。隣りから借りてきた茶碗と自分の茶碗の三つに酒を注ぎ分けた。

「茶を淹れるのも面倒じゃによってな」

二人の前に茶碗酒を押し出した。

「まあ、飲め。話はそれからだ」

古田と伊丹が頷き合い、茶碗を手にした。小籐次も茶碗を片手で摑むと飲んだ。

二人も続いた。

「用を聞こう」

「赤目小籐次様の首に千両の値がついたそうな」

と古田寿三郎が恨めしそうに言った。

「わしのせいではないわ。世間の虚《うつ》け者がそのようなことを考えたのだ」

「刺客は現れましたか」

「二番籤までは出た」

二人が期せずして、
ふうっ
と吐息を吐いた。

「赤目様のお名が高まれば高まるほど、われら四家の名が廃《すた》ります」

小籐次がじろりと古田を見た。

「愚痴《ぐち》を申しに参られたか」

古田が伊丹を見た。

「赤目様の一首が千両とか、巷に知れれば知れるほど、わが鍋島四家の追腹組の面々が躍起になり、またぞろ赤目様に刺客を送り込むとか藩内に風聞が流れております。それゆえお知らせに参りました」

伊丹が一気に言った。

「伊丹唐之丞、そなた、わしのせいで追腹組が目覚めたと申すか」

「そういうわけではございませぬが」

伊丹は恨めしそうな表情をした。

「ともかく、古田様に相談したところ、まずは赤目様にお知らせしたほうがよいと申され、同道してくれました。これは、われらの赤目様に対する信義の情にございます」

「礼を申せと言われるか」

「そういうことではございませぬ」

小籐次は若い訪問者と視線を交わらせ、それぞれが茶碗の酒を飲んだ。

「ちと遅かったのう」

「遅いとは」

古田が急き込んだ。

「すでに出よったわ」

「出た！」

「蓮池鍋島家長柄槍足軽組頭、心形刀流師範立田修理太夫を頭にした一団が襲いきた」

唐之丞が、

「な、なんということが」

と驚きの声を洩らした。

「して、首尾《しゅび》は」

「わしは生きておる」

伊丹唐之丞が愕然と肩を落とした。

「わしが斃されたほうがよかったか」

「いえ、その……」

「わしにとって一首千両の酔狂人も追腹組も迷惑至極な話よ」

「止める手立てがございませぬ」

伊丹が言った。

「際限なく刺客を送り込むというのか」

「藩邸に戻り、改めて上役方と相談申します」

「ならば、申し添えてくれぬか」

「なんでございましょう」

小籐次は久慈屋昌右衛門に従い、常陸国西野内に旅し、帰路、水戸藩の久坂家で話し合われたことを告げた。

「なんと、御三家水戸の斉脩様がわが殿とこの一件で話し合われてもよいと申されますか」

そこまでの具体的な話があったわけではない。だが、鍋島四家の有志で極秘に組織される追腹組のこれ以上無益な行動を阻止するために、小籐次は少々誇張して伊丹らに話した。そうしなければ、鍋島四家は真剣にならないと思ったからだ。

「ともあれ、斉脩様、小城鍋島家とは親しいゆえ、なんぞあれば仲裁に入ってよいとの意向を示されたとか。近々、わしは行灯を水戸家に持参することになっておる。その折、再び話が出るやも知れぬ」

「それはなりませぬぞ！」

伊丹唐之丞が叫んだ。

「御三家が乗り出されれば、仲裁がうまくいこうといくまいと小城鍋島家は恥の上塗りにございます。これ以上の恥辱は御免です」

「伊丹どの、わしもこれ以上刺客との戦いは御免だ」

「お静まりあれ、伊丹どの、赤目様」

古田が仲に入り、

「赤目様、しばしの時を伊丹どのに貸して下され」

「水戸様の仲裁をしばし待てと申されるか」

「いかにも」

「もはや、追腹組などと申す奴ばらを送り込まぬか」

「さて、それは」

「刺客が来れば、赤目小籐次は刃向かい申す」

「なんとしても鍋島四家に諮《はか》り、追腹組の新たなる行動を阻みます」

伊丹唐之丞が険しい形相で約定し、古田寿三郎と早々に長屋から姿を消した。

四

小籐次は、種火を次々に西野内村の西ノ内和紙と今里村の竹で加工された三つの行灯の灯心に移した。
ぼうっ
と新たな光が夜明けの長屋に点った。
三つの行灯ともにかたちが異なり、台座も竹で作られたり、あけびの蔓《つる》を編んで工夫したりとそれぞれ凝っていた。一つには二枚の和紙の間に梅の花のかたちに切った紙が挟みこまれ、花芯に紅を塗った大小の梅がおぼろに浮かんでいた。残りの二つは西ノ内和紙の漉き模様をそのままに生かし、外張りと内張りの二枚の異なった漉き模様が淡く浮かんでいた。

また、竹の大小の曲がりとしなりが微妙な曲線を描いて創り出す器のかたちが、縦型であったり、ひしゃげたかたちであったりと普段見かける行灯とは趣が違って斬新《ざんしん》な感じを受けた。

二つは水戸家に届ける行灯で、もう一つは久慈屋のために作ったものだった。

腰高障子の向こうで朝の光が躍った。

とうとう徹夜になった。

小籐次は爽快な気分で仕上げたばかりの行灯の灯りを消した。板の間の竹くずやら紙くずを片付け、ふと思いついて朝湯に出かけることにした。

もはや長屋に暮らしの気配があった。

刺客が襲うことはあるまい。

脇差長曾禰虎徹入道興里だけを腰に差し、土間にあった竹棒から適当なものを選んで杖代わりに持参した。

町内の湯屋には、すでに朝湯を待つ年寄りたちが三人ほど湯屋の開くのを待っていた。

「おや、新兵衛長屋の浪人さんだな」

小籐次は一人の年寄りに挨拶された。昔、鳶で鳴らしたふうの鉄火な年寄りだった。

「お早うござる」

「近頃、新兵衛さんを朝湯で見かけないが、どうかしたかえ」

「物忘れが酷《ひど》くなったでな。昼湯に変えて、娘婿が付き添っておる」

「そんなことかえ。この前会ったときは、長年付き合ってきたおれたちの顔が分んなかったからな」

「私などは毎度毎度、はい、どちらさんでしたかなと挨拶されましたよ。久慈屋の長屋の差配ができるように口を利いたのはこの私ですよ。それがあれだ」

「病には勝てねえってやつだ、孝兵衛さんよ」

「全くだ。だが、頭、考えようによっちゃあ、あれほど幸せな病もないね。都合よく物忘れして、都合よく思いだすんだからさ。先日も七、八年前、芝神明のだらだら祭りで借りた団扇を思い出されて催促されましたよ」

と、新兵衛の話をしているうちに湯屋が開いた。

常連たちが競うように湯屋に入り、最後に小籐次が番台に湯銭を置いた。

「酔いどれの旦那、朝湯とは珍しいねえ」

湯屋の主が言い、小籐次が、

「徹夜してしもうたでな。朝湯を思いついた」

「朝湯に入れるうちは元気な証しだ。新兵衛さんのようになっちゃあ、お仕舞いだぜ」

無言で頷いた小籐次は番台に脇差を預け、竹の棒を土間の片隅に立てた。

しみじみと湯に浸かって小籐次は、
ふうっ
と息を吐いた。

小城鍋島藩の伊丹唐之丞から返答はなかった。四家の重臣方に追腹組の再活動について説明し、なんとか阻むようにするのに時間がかかっているのであろう。

ともかく小籐次は、

(水戸様の威光が追腹組の行動を封じる)

ことを願っていた。

湯屋を出た小籐次は一旦長屋に戻り、研ぎ道具と三つの行灯を小舟に積んで舫い綱を外した。

久慈屋はすでに店が開いていた。

小籐次は行灯の一つを小脇に挟み、残りの二つを両手に持って久慈屋の店先に入った。

「おおっ、できましたか」

目敏く観右衛門が小籐次と行灯を見て、

「旦那様にお見せしとうございます、まず奥へ」

と小籐次を強引に連れていった。

昌右衛門はすでに帳簿に目を通していたが、廊下の気配に顔を上げ、行灯に目をやった。

「三つも作られましたか」

「一つはこちらで使うて下され」

三つの行灯が座敷に置かれた。

「これはまたそれぞれが凝ったかたちですね。竹の曲がりがなんとも色気があります」

「旦那様、試しに灯りを入れてみましょうかな」

と観右衛門が暗い仏間に行灯一つを移し、仏壇の蠟燭《ろうそく》で灯りを入れた。すると、淡くも幻想的な光の渦が仏間を浮かび上がらせた。

主は唸《うな》り、大番頭は絶句した。しばし沈黙のままに灯りを眺めていた昌右衛門が、

「西野内の行灯よりもできが丁寧ですし、なにより西ノ内和紙の漉き具合がよう出ております。それに灯りが入ると、竹の肌合いとしなりがなんとも美しい」

と感嘆し、観右衛門は残りの二つにも灯りを入れた。

「梅もほのかに浮かんでよいな」

「女衆は、紅が色気を誘うこちらの梅がよいと申されるかもしれませぬな」

二人はしばし灯りを堪能《たんのう》していたが、

「旦那様、もはや小姓頭の太田拾右衛門様も江戸屋敷に戻っておられましょう。早速お届けに上がられたらいかがですか」

頷いた昌右衛門が小籐次を見た。

「それがしは遠慮申す。本日は浅草界隈に仕事に出向くつもりにござる」

「ならば、私が赤目様の代役で参りましょうかな」

と昌右衛門が小籐次の申し出を容《い》れた。

「赤目様、夕刻、必ず店に立ち寄って下さいな。水戸家のご返答を伝えますでな」

と昌右衛門に釘を刺され、早々に奥座敷を辞去した。

この日、浅草門前町界隈を研ぎの注文を聞いて回ったが、初めての長屋が多く、朝から歩いて二本の出刃包丁を研いだだけだった。

浅草駒形町に畳屋の備前屋を訪ねれば、仕事用の刃物を研ぎに出してくれることは分っていた。だが、梅五郎の好意に甘えてばかりいても恐縮だと考え、早仕舞いをすることにした。

照る日曇る日があるのが商いだ。腹掛けには六十文の稼ぎしかなかったが、

(致し方なし)

と諦めた。

芝口橋際の久慈屋の船着場ではまだ荷積みが行われていた。手代の浩介が小籐次の姿を見て、

「大旦那様がお待ちですよ」

と声をかけてきた。

「舟は繋いでおきます。どうぞ、その足で店へお上がり下さい」

「お願い申そう」

小籐次は仕事着の上にかけた前掛けを取り、裾を払って久慈屋に向った。すると、まず観右衛門が手を振って小籐次を迎え、

「旦那様が水戸屋敷へ参られましたよ」

と上気した声を張り上げた。

奥座敷では昌右衛門が一服していた。

「おおっ、来られたか」

煙草盆の灰落としに煙管の雁首をぽんぽんと叩き付けて、吸殻を落とした昌右衛門が、

「いやはや、水戸屋敷は大騒ぎにございました」

と小籐次に言った。

小籐次は廊下に座した。

「そこでは遠いです。話になりませぬ。こちらにどうぞ」

小籐次を座敷に招き入れると、観右衛門も従った。

「太田拾右衛門様、二日前に江戸に帰着なされておりました。持参した三つの行灯をお見せしますとな、まず、勘定奉行、大納戸奉行、竹木奉行など物産方に携《たずさ》わる上役を呼び集められましてな、披露なされました。灯りの点ったときの皆様の驚きようったらありませんでしたぞ……」

「久慈屋、これが領内から産した竹と紙で作られた灯りか」

「本日のものは江戸の竹にございます。西野内の竹はさらにしなりが強く、風合いも一段とよろしゅうございますぞ」

「西ノ内和紙の漉き模様の美しいことといったら各々《おのおの》方、どうでござる」

「これなれば江戸で十分に売れますぞ。それも値《あたい》よくな」

「竹と紙の工夫でこれだけのものができるか」

口々に感嘆していた一座から、

「太田どの、早速、殿にご覧に入れたら如何《いかが》かな」

と言い出すものがいて、斉脩の側近の小姓頭太田拾右衛門が急ぎ奥へ向った。

斉脩は太田の申し出を聞くと、

「なにっ、酔いどれ小籐次が参っておるか」

と、まずそのことを気にした。

「いえ、本日は久慈屋の主が赤目どのの工夫した三つの行灯を持参しております」

「見せよ」

薄暗く建具を閉じた奥書院に小籐次の作った行灯三つが運ばれ、あちらこちらに置かれた。

灯りが改めて入れられ、そこへ斉脩に家老職ら重臣数人が随身して入室してきた。

斉脩の足が奥書院の真ん中で止まり、三つの灯りを順に眺め、また最初の灯りに視線を戻した。

しばし感動の沈黙が座を支配した。

「なんと不思議な灯りよのう。わが領内から産するもので、かような灯りを作り出した赤目小籐次に会いたいものよ」

と嘆息した斉脩の視線が、奥書院の隅にひっそりと座す昌右衛門に移った。

「久慈屋、余はかようにも美しき灯りを見たことがない。紅梅もよいが、職人どもが苦労した西ノ内和紙の漉き模様が浮かぶ灯りがなんともよいのう」

「恐れ入ります」

「久慈屋、赤目小籐次をなぜ同道致さなかった」

「私もお誘いしたのですが、これから仕事に出向くと申されて、早々に立ち去られました」

「この次は必ず連れて参れ」

はっ、と承った昌右衛門が、

「殿様、光圀公が西ノ内和紙と命名された紙と竹の産物、いかがにございますな」

と改めて聞いた。

「これはのう、茶人など風流人にまず受け入れられよう。茶室、隠居所あるいは料理茶屋の座敷などに置くと一段と映えるわ。風雅な道楽者から注文が入るぞ」

「赤目様は、この夏に西野内で作り方を職人衆に教え込む仕儀になっております」

「拾右衛門、水戸からも家臣を出す手配を致せ。領内の特産が江戸で売れれば、それだけ藩の財政も潤うによってな」

「恐縮にございます」

御三家水戸藩といえども財政事情が苦しかった。それだけに領内の物産をどう売り出すか、藩主から領民まで常々思案していたことだ。

「殿様」

と昌右衛門が斉脩に呼びかけた。

「なんだ、久慈屋」

「光圀公は久慈川流域で産する紙に西ノ内和紙と命名され、江戸で売り出されました。その恩恵を久慈屋は受けております。この行灯にもよき名があればと思いました」

「おおっ、それはよき考えじゃな」

と斉脩がしばし沈思し、

「常陸国西野内の紙と竹で作られた行灯である。ほの明かり久慈行灯ではどうか」

「ほの明かり久慈行灯。よきご命名にございます」

と昌右衛門がぽーんと膝を叩いた。

「ほの明かり久慈行灯、にございますか」

観右衛門が感に堪《た》えた声を洩らし、昌右衛門が、

「この夏、西野内の細貝家に久慈行灯の工房を造るお指図まで斉脩様がなされました」

「久慈行灯の名が高まれば、西ノ内和紙もまた評判を呼びます」

「大番頭さん、前祝いを致しましょうかな」

と昌右衛門の命で宴の席が急ぎ設《しつら》えられることになった。

「赤目様、うちの行灯も水戸家で譲り受けたいと申されましてな。うちにはございませぬ」

と昌右衛門が残念そうに言った。

「ならば、明日にも久慈屋どのの分を作りましょうか」

「うちでやって下さいな。私も仕事ぶりを見とうございます」

「承知した」

昌右衛門と小籐次の二人が店が終わるのを待ちながら、ちびちびと酒を酌み交わしていると、観右衛門が難波橋の秀次親分を伴い、奥座敷に姿を見せた。

「親分、なんぞ懸念がありますかな」

秀次の顔色を読んだ昌右衛門が聞いた。

「ごゆるりとなされているところを相すみません。いえね、一首千両の一件でさあ」

「十八酔狂人とか申す方々の仕業とか。あれは片がついたのではございませんでしたかな」

「へえっ、およそは。御目付、町奉行所が直に調べをなして、きついお咎めが近々出るそうにございます。ところが先日もちらりと申し上げましたように、十八酔狂人の頭分がいまひとつはっきりしなかったのです」

「それが分りましたか」

「へえっ」

と返事した秀次が、

「寛政十一年（一七九九）から文化三年（一八〇六）の足掛け八年にわたり、長崎奉行を務められた大身旗本肥田家のご隠居頼常様だと判明したそうです。ですが、このご隠居が頑固の上に偏屈《へんくつ》でしてな。一切知らぬ存ぜぬを通されておられるそうなんで」

「長崎奉行は二年勤めれば孫子の代まで贅沢できる遠国《おんごく》奉行。それを八年となると肥田家では当分左団扇ですな」

「へえっ、肥田のご隠居は役職を退かれた後は悠々自適の遊び三昧《ざんまい》とか」

「親分、いくらなんでも肥田家のご隠居とは申せ、若年寄、御目付に日をつけられて一首千両の遊びを続けるわけにはいきますまい」

「そこなんで。十八酔狂人の仲間には、どんなことがおころうと私が必ず赤目小籐次を仕留めると宣言なされたそうな」

「肥田様は何番籤を引かれたな」

「七番籤だそうにございます」

「刺客はだれです」

「それが分らないんで。近藤精兵衛の旦那も、ともかくこのことを赤日様に告げておくように言われましたんで、罷《まか》り越しました」

と秀次が申し訳なさそうに首を竦めた。

翌朝、江戸の町を濃い霧が包んだ。

小舟で新兵衛長屋から久慈屋の船着場に向った小籐次は、七、八間先が見えない朝霧を透かし見ながら芝口橋に到着した。

この日、久慈屋でほの明かり久慈行灯を改めて作ろうとの訪問であった。

「赤目様、今日はうちで仕事ですか」

小僧の国三が呼びかけた。

河岸に立つ国三の前を霧が流れ、ときに霞んで見えなくなった。

「行灯の試作をいくつか致す」

小籐次は竹片、ひご、蔦蔓《つたかずら》などを小脇に抱え、船着場から河岸に上がった。

霧の中に東海道の方角から一人の武芸者が姿を見せた。

六尺は優にありそうな巨軀で動きに無駄がなかった。

「七番籤、東軍《とうぐん》流平櫛《ひらぐし》左中」

小籐次はその声に反応した。

だが、関八州に、

「その人あり」

と武名の高い平櫛の動きはさらに早かった。

平櫛の走り出しとともに、霧が地表から巻き上がり、それが平櫛の五体とその動きを隠した。

霧の中で、

きらり

と剣の刃が煌いた。

一瞬の裡《うち》に間合いが縮まった。

小籐次は小脇に抱えた行灯作りの材料を突進してくる平櫛の足元に投げると、咄嗟《とっさ》に平櫛の左斜め前へと自らもんどりを打った。

小籐次は刃が菅笠を掠《かす》めていったのを感じながら、霧の地面で前転して片膝を突き、

くるり

と平櫛に向き直ろうとした。

だが、平櫛はすでに身を翻し、二撃目を送り込んできた。

刃が小籐次の眉間に振り下ろされた。

小籐次が片膝の姿勢で後方へ飛び下がったのは剣者の本能であったろう。だが、

ばさり

と菅笠の縁が斬り割られた。

平櫛がさらに踏み込んできた。

小籐次はさらに飛び下がった。

間合いがさらに縮まった。

もはや小籐次は平櫛左中の刃の下にいた。

「酔いどれ小籐次の一首、千両とは笑止なり」

その声が小籐次の口から洩れ、平櫛の撃ち込みに一瞬遅滞が生じた。

小籐次はごろりと御堀端へと転がった。その身を水面から湧き上がった濃い霧が包み込み、一拍遅れて平櫛の斬り下ろしが襲いきた。

だが、平櫛の刃は霧を斬り分けただけだ。

うーむ
と訝しくも立ち竦んだ平櫛の左前に、霧を身に纏った小籐次の半身が浮かび上がり、腰の備中国次直二尺一寸三分を抜き放った。

平櫛も身幅のある豪刀を引き付け、左肩から振り下ろした。

小籐次の伸び上がるような抜き打ちと、平櫛の斬り下ろしが交錯した。

だが、一瞬早く次直が平櫛左中の巨軀の腰から胸に届いていた。

うっ
と声を押し殺した平櫛の体が硬直し、さらに立ち上がりながらの小籐次の斬り上げが、

すぱっ

と決まって、朝霧の中に血飛沫を振り撒《ま》いた。

「来島水軍流流れ胴斬り」

平櫛がこの世で聞いた最後の言葉であった。

どたり

朽ち果てた巨木が倒れるように、平櫛の体が小籐次の足元に斃れ込んだ。

その小籐次の耳に、

「譜代旗本肥田家もこれで終わりですな」

と観右衛門が洩らした言葉が聞こえた。

巻末付録

西ノ内和紙のふるさとへ

文春文庫・小籐次編集班

『意地に候』巻末付録のために新橋から小金井橋まで二六キロを歩いた、筆者こと編集M。次はどこまで歩くつもりだ？　という編集部ならびに佐伯泰英さんの期待に満ちた（？）視線を感じる。

行き先は、一読して決めている。

「七草過ぎに、旦那様が常陸国西野内に今年の荷の仕入れに参られます」

「西ノ内和紙の仕入れでござるか」

「いかにもさよう。久慈川上流の西野内村は、旦那様にも私にも在所にございます

よ」（本文より）

そう、今回の目的地は、久慈屋昌右衛門の出身地にして、西ノ内和紙のふるさとだ。昌右衛門と小籐次一行は、江戸から西野内まで、鞠姫様と語らいつつ四日で歩いた。さぞ愉快だったことだろう……。今は四月上旬。舞い散る桜を踏みながら、水戸街道を北上する旅。大いに惹かれる。

が、俗用多端の身、今回は電車で失礼させていただくことにする。東京から水戸まで特急ひたちで行き、ローカル線を乗り継いで都合二時間強。傍らには無邪気な姫様、ではなく、前回、『寄残花恋《のこりはなよするこい》』巻末付録にて斗酒なお辞せずの酒豪ぶりを発揮した編集B子。

JR水郡線《すいぐんせん》の無人駅、中舟生駅《なかふにゅうえき》（茨城県常陸大宮市）で下車する。間近に流れる久慈川の向こうが西野内地区だ。国道118号線を歩くこと五分、大きな茶色の看板が見えてくる。ここが、いまや二軒のみになった西ノ内和紙の工房のひとつ、「紙のさと」の店舗だ。

店内には、色とりどりの西ノ内和紙が陳列され、花が咲いたようだ。一尺一寸×一尺六寸（三三センチ×四八センチ）の和紙はもとより、壁紙、障子紙、はがき、短冊、ポチ袋、コースター。ちりとりやハタキなどの加工商品も並んでいる。思わず「これも和紙でできてるの？」と感触を確かめたくなる。

「面白いでしょう。私の着ているこれ（甚平）も、西ノ内和紙で出来ているんですよ」

と迎えてくれたのは、紙のさと三代目ご主人、菊池正気さん（70）。和紙を細く切って撚《よ》ったものを緯糸《よこいと》とし、木綿を経糸《たていと》に用い、菊池さん自ら機織り機で織ったという。触らせていただくと……布以外の何ものでもない。

菊池さん、『一首千両』のことはすでにご存じだった。お客さんから「西ノ内和紙が出てくる小説があるよ」と教えられたという。

江戸屈指の紙問屋久慈屋の屋号は、常陸国久慈川流域に生える良質な楮《こうぞ》を原料にして、久慈川の清流に晒され作られる久慈紙からきていた。別名西ノ内和紙は徳川光圀が名付け親で、光圀が指揮して完成させた『大日本史』にもこの久慈紙、西ノ内和紙が使われていた。

旧常陸国における和紙の歴史は八世紀にまでさかのぼるが、名品として天下に聞こえるまでになったのは、水戸藩二代目藩主・徳川光圀の奨励があったからだ。光圀公は領内に和紙の原料となる楮を植えさせ、一時は藩が領内生産の紙をすべて買い上げるという専売制度も試みた。寛政二年（一七九〇）には、藩外に売った農産物九万九千両のうち、和紙が三二％を占めていたという。まさに和紙は、藩の経済を支える最重要産業であり、西ノ内和紙こそ、その代表的ブランドだった。

熱っぽく、楽しそうに西ノ内和紙について語る菊池正気さん

西ノ内和紙を彩る逸話として、『大日本史』の件とともにしばしば言及されるのが、江戸時代の商家の大福帳は西ノ内和紙でつくられていた、というものだ。火事に見舞われた際は、焼失を避けるため大福帳に長い紐をつけて井戸に投げ入れ、鎮火してから引き揚げた。よく乾かせば一枚一枚きれいに剝がれ、墨も滲むことはなかった。

——というエピソードなのだが、これ、本当の話なのだろうか？

「もちろん、本当の話ですよ」

菊池さんはあっさり答えた。

「西ノ内和紙の原料は那須楮ですが、楮はもともと南方の植物で、雪のあまり降らないこのへんが、栽培の北限なんです。小石の混じった、水はけのいい急斜面にこんにゃくと一緒に植えられ、五月頃に芽が出て、十月末に葉が落ちる。涼しいので皮は薄く、繊維は隙間なく、きめ細かく育ちます。なので那須楮で漉《す》いた和紙は、強靭で、墨がしっかりと乗り、濡れても染み出ることはないのです」

この特性ゆえ、信頼性の高い紙として、大福帳や証文に必須の存在となったのだ。

明治期にも、西ノ内和紙は衆議院選挙の投票用紙に使われるほどの名声を保っていた。が、楮栽培の減少、何より西洋紙の導入により、産業としては徐々に衰退していった。

菊池さんの家は、もともと農業を営んでいた。畑の隅に楮を植え、秋から春の彼岸まで紙を漉くという、農閑期の仕事として紙をつくっていた。和紙専業になったのはおじいさんの代から。その時点で、専業は六〜七家しか残っていなかったという。

「子どもの頃は、ご近所さんがよく、収穫した楮を持ち込んでいました。これでうちの障子紙を漉いてくれよ、というわけです。で、漉いてあげる代わりに、手間賃として楮を半分いただく(笑)。まだまだ、のどかな時代でしたね。

私は昭和三十八年に高校を出て上京したんですが、東京の空気が合わず三カ月で戻ってきました。家業は親父の代でしたが、職人さんに一人辞めてもらわざるを得ないほど苦しくなっていた。特に、和室が減り、障子紙の需要が落ちたことが大きかった」

ある日、菊池さんが蔵の中をいじっていると、一通の記録が出てきた。昭和七年、東京の問屋に、色つきの和紙を卸したことを示す手紙だ。見本帳も添えてある。

「これだ、と思いましたね。そこで、親父と私で、ふつうの和紙だけでなく、工夫を重ねて色のついたものや模様の入ったもの、やがて紙を加工した小物などもつくるようになっていったんです。

今では、こういった既製品の他は、オーダーメイドが多いです。壁紙、ふすま紙、書家の方からの注文――。いずれにしろ、うちの紙は、ここ（紙のさと）でしか売っていません。久慈屋さんみたいないい問屋さんがいればいいんですけどねえ（笑）」

いざ、紙漉きに挑戦！

「紙のさと」店舗から徒歩五分のところに、紙づくり作業をおこなう工房がある。裏手には楮が植えられた畑が広がっており、原材料を自給できる体制が整っている。楮は、今は切り株の状態だが、これが半年後には直径三〜四センチ、長さ二〜三メートルの枝をつけるという。

冬に枝を切る。表面の茶色い薄皮を剝く。大釜にアルカリ性の溶液を張り、皮を煮る。ゴミをひとつひとつ除き、機械で叩いて細かくする。――大いに端折ったが、この工程を経てできあがった繊維のかたまりが、和紙の原料となる。

「特に、煮る作業が大事です。楮の繊維どうしをくっつけているでんぷんや糖質を溶かして落とすんですが、全部落とすわけじゃない。一割残すのか、三割残すのか。それは楮の具合や天気によっても変わってきます。固さとか艶、透明感を見ながら、カンで判断するしかない」

工房内の窓際には、木枠にステンレスが張られた、風呂桶のようなものが四つ並んでいる。「フネ」という。四角型で楮の繊維の入った紙料液をすくい、紙を漉く、お馴染みの作業がここでおこなわれる。

ここまで来たからには、ちょっと紙漉きをやってみたい。実は、紙のさとには和紙資料館が併設されており、希望者は、予約のうえ、紙漉きを体験できる設備が整っているのだ。

資料館は、道路を挟んで店舗の向かいにある。壁には菊池さんが集めた国内外の紙漉きに関する資料が陳列され、真ん中には小さめのフネが据え付けられている。中には、すでに紙料液が溜まっている。

菊池さんは、これを棒で勢いよくかき混ぜ始めた(「立てる」という)。そして、傍らのバケツからトロッとした透明の液をひしゃくですくい、注ぐ。トロロアオイの根を溶かしたもので、紙料液に粘りを与え、漉きやすくし、固めるという重要な働きをもつ。

トロロアオイは雑菌に弱い。手を洗わないまま浸けると、一日も保たないという。熱も苦手で、四〇度くらいでサラサラになり、粘りを失ってしまう。

「だから紙漉きに大事なのは、まずは何より綺麗な水。久慈川の、弱アルカリ性の水に恵まれたこのへんで紙漉きが発展したのは、自然なことだったのかもしれません。

それと水温。もともと紙漉きは寒い時期の仕事でしたが、実際、トロロアオイは温度に敏感なので、真夏に薄い、繊細な紙を漉くのは難しい。うちの倅など、（水温が）二四度以上になったら漉かないよ、と言います。

水温や天気によって、紙の厚さも変われば、色も変わる。乾かした紙を積んでいくと、地層のように色が違っているので、その日その日の天気がわかります。だから『前とまったく同じ紙を漉いてくれ』というのは難しい。それはお天道様に聞いてくれ、と」

説明しつつ、菊池さんは液を立てる手を休めない。そして時折トロロアオイをパッと注ぐ。どう見ても目分量だが……。

「目分量ですよ（笑）。量が多すぎると、漉いた紙を濡れたまま重ねていくとき、くっついて剝がれなくなる。少なすぎると、楮の繊維が均等に並んでくれず、きれいに仕上がらない。立てているときの感触を確かめながら、カンで決めるしかない。

私に言わせれば、紙をつくる上でいちばん大事で、いちばん難しいのはここの判断です。それに比べれば、実際に紙を漉く作業は簡単なもんです」

このくらいかな、と菊池さんが呟き、四角型を手にする。木でできた「桁《けた》」という枠で、スダレ状の「簀《す》」を挟んだものだ。実物を観てみるとこの簀、実に繊細なつくり。のり巻きをつくる際に使う巻き簀みたいなものだろう、と思っていたら、密度がまるで違う。これをつくれる職人さんもどんどん減り、いまや美濃と高知に数人がいるだけだという。

型をフネに入れ、液をすくい、前後左右にスイスイと傾けると、楮の白い繊維が薄く残る。それを何度か繰り返し、桁から簀を外し、台の上にひっくり返すと水を含んだ紙が音もなく剝がれる。これを乾かせば、西ノ内和紙の完成だ。

たしかに簡単そうに見える。というわけで編集B子と筆者も挑戦させていただく。型をフネに入れ、液をすくい……あれ、思っていたより重い。

「重いでしょ。でもこれは全然楽なほうです。ふすま紙を漉くための大枠だと、バケツ三杯の液が入りますから」

見よう見まねで型を振ってみる。しかし、どうしても繊維が一方に偏って、ダマのようになってしまう。そうなったものは、水につけ直しても戻らない。失敗作だ。

もう一度菊池さんに手本を見せていただく。流れるようにスムースだが、特に我々と違った動作をしているようには見えない。再トライ。液をすくって前後左右……。やっぱり駄目。うーむ、難しい。

菊池さんは「簡単」というが、経験のみによって培われるコツが、どこかに隠されているに違いない。

それにしても、木の枝の皮を剝いて、水に溶かし、薄くのばして乾かす――文字にしてしまえばそれまでだが、この、紙を漉くという作業を最初に編み出した人は、実にエラい。

紙漉きに挑戦中の編集Ｂ子。四角型が重いので、やや腰が引け気味

というか、どういうきっかけで考えついたのだろうか。自分で体験してみると、不思議になってくる。

「それは、私も不思議。紙は、工程は実にシンプルですが、人間のつくり出した中で、いちばん機能性に富んだものじゃないでしょうか。書く、包む、破く、燃やす……。障子なんて本当に凄い発明ですよ。光を通すし、通気性もあるし、保湿もできる。こんな紙一枚で寒さを防げる。シンプルだからこそ、奥が深い。私も長いことこの仕事をやってますが、まだまだわからないことばかりです」

伝統ある技術の守り手として、菊池さんは西ノ内和紙の将来をどう考えているのだろうか。

「伝統産業だからこそ、商売として成り立たせなければいけない。うちは嫁と倅夫婦、娘という家族経営ですが、それでも簡単ではありません。お上に頼っていちゃ駄目だし、ただの観光産業になっても駄目。和紙って昔はどういう使い方をされていたんだろう、と考えを巡らせて、知恵を絞っていろいろな商品をつくっている。

果ては、こんな甚平さんまでつくっている。うちの孫が大きくなったとき、そういやおじいちゃん、昔、紙で糸つくって、機織り機で何かやってたな〜って記憶に残っていてくれればいいな、と。

お金は残さなくてもいい。仕事を残していかなきゃいけない。私はそう思っているんです」

（参考図書：『西ノ内紙』茨城県那珂郡山方町文化財保存研究会編纂／一九六六年）

【紙のさと】

茨城県常陸大宮市舟生90／電話：0295・57・2252／開館時間：9時〜17時半（和紙資料館は17時まで）／定休日：毎週水曜・年末年始

本書は『酔いどれ小籐次留書　一首千両』（二〇〇五年八月　幻冬舎文庫刊）に
著者が加筆修正を施した「決定版」です。

DTP制作・ジェイ エスキューブ

文春文庫

定価はカバーに表示してあります

一《ひと》首《くび》千《せん》両《りよう》

酔《よ》いどれ小籐次《ことうじ》（四）決定版《けつていばん》

2016年6月10日　第1刷

著　者　佐《さ》伯《えき》泰《やす》英《ひで》

発行者　飯窪成幸

発行所　株式会社 文藝春秋

東京都千代田区紀尾井町 3-23　〒102-8008
TEL 03・3265・1211
文藝春秋ホームページ　http://www.bunshun.co.jp

落丁、乱丁本は、お手数ですが小社製作部宛お送り下さい。送料小社負担でお取替致します。

印刷・凸版印刷　製本・加藤製本　Printed in Japan
ISBN978-4-16-790633-7

佐伯泰英

文庫時代小説

全作品チェックリスト

2016年6月現在
監修／佐伯泰英事務所

掲載順はシリーズ名の五十音順です。品切れの際はご容赦ください。
どこまで読んだか、チェック用にご活用ください。
キリトリ線で切り離すと、書店に持っていくにも便利です。

佐伯泰英事務所公式ウェブサイト「佐伯文庫」 http://www.saeki-bunko.jp/

□ シリーズガイドブック 「居眠り磐音 江戸双紙」読本（特別書き下ろし小説・シリーズ番外編「跡継ぎ」収録）

□ 居眠り磐音 江戸双紙 帰着準備号 **橋の上** はしのうえ（特別収録「著者メッセージ＆インタビュー」「磐音が歩いた『江戸』案内」「年表」）

□ 吉田版 **「居眠り磐音」江戸地図** 磐音が歩いた江戸の町（文庫サイズ箱入り）超特大地図＝縦75cm×横80cm

鎌倉河岸捕物控 かまくらがしとりものひかえ

ハルキ文庫

- □ ① **橘花の仇** きっかのあだ
- □ ② **政次、奔る** せいじ、はしる
- □ ③ **御金座破り** ごきんざやぶり
- □ ④ **暴れ彦四郎** あばれひこしろう
- □ ⑤ **古町殺し** こまちごろし
- □ ⑥ **引札屋おもん** ひきふだやおもん
- □ ⑦ **下駄貫の死** げたかんのし
- □ ⑧ **銀のなえし** ぎんのなえし
- □ ⑨ **道場破り** どうじょうやぶり
- □ ⑩ **埋みの棘** うずみのとげ
- □ ⑪ **代がわり** だいがわり
- □ ⑫ **冬の蜉蝣** ふゆのかげろう
- □ ⑬ **独り祝言** ひとりしゅうげん
- □ ⑭ **隠居宗五郎** いんきょそうごろう
- □ ⑮ **夢の夢** ゆめのゆめ
- □ ⑯ **八丁堀の火事** はっちょうぼりのかじ
- □ ⑰ **紫房の十手** むらさきぶさのじって
- □ ⑱ **熱海湯けむり** あたみゆけむり
- □ ⑲ **針いっぽん** はりいっぽん
- □ ⑳ **宝引きさわぎ** ほうびきさわぎ
- □ ㉑ **春の珍事** はるのちんじ
- □ ㉒ **よっ、十一代目！** よっ、じゅういちだいめ
- □ ㉓ **うぶすな参り** うぶすなまいり
- □ ㉔ **後見の月** うしろみのつき
- □ ㉕ **新友禅の謎** しんゆうぜんのなぞ
- □ ㉖ **閉門謹慎** へいもんきんしん
- □ ㉗ **店仕舞い** みせじまい
- □ ㉘ **吉原詣で** よしわらもうで

□シリーズガイドブック「鎌倉河岸捕物控」読本（特別書き下ろし小説・シリーズ番外編「寛政元年の水遊び」収録）

□シリーズ副読本 鎌倉河岸捕物控 街歩き読本

シリーズ外作品　ハルキ文庫

□異風者 いひゅもん

交代寄合伊那衆異聞 こうたいよりあいいなしゅういぶん　講談社文庫

□①変化 へんげ
□②雷鳴 らいめい
□③風雲 ふううん
□④邪宗 じゃしゅう
□⑤阿片 あへん
□⑥攘夷 じょうい
□⑦上海 しゃんはい
□⑧黙契 もっけい
□⑨御暇 おいとま
□⑩難航 なんこう
□⑪海戦 かいせん
□⑫謁見 えっけん
□⑬交易 こうえき
□⑭朝廷 ちょうてい
□⑮混沌 こんとん
□⑯断絶 だんぜつ
□⑰散斬 ざんぎり
□⑱再会 さいかい
□⑲茶葉 ちゃば
□⑳開港 かいこう
□㉑暗殺 あんさつ
□㉒血脈 けつみゃく
□㉓飛躍 ひやく

【シリーズ完結】

長崎絵師通吏辰次郎 ながさきえしとおりしんじろう　ハルキ文庫

□①悲愁の剣 ひしゅうのけん
□②白虎の剣 びゃっこのけん

夏目影二郎始末旅 なつめえいじろうしまつたび　光文社文庫

□ ① 八州狩り はっしゅうがり
□ ② 代官狩り だいかんがり
□ ③ 破牢狩り はろうがり
□ ④ 妖怪狩り ようかいがり
□ ⑤ 百鬼狩り ひゃっきがり
□ ⑥ 下忍狩り げにんがり
□ ⑦ 五家狩り ごけがり
□ ⑧ 鉄砲狩り てっぽうがり
□ ⑨ 奸臣狩り かんしんがり
□ ⑩ 役者狩り やくしゃがり
□ ⑪ 秋帆狩り しゅうはんがり
□ ⑫ 鵺女狩り ぬえめがり
□ ⑬ 忠治狩り ちゅうじがり
□ ⑭ 奨金狩り しょうきんがり
□ ⑮ 神君狩り しんくんがり

【シリーズ完結】

□ シリーズガイドブック **夏目影二郎「狩り」読本**（特別書き下ろし小説・シリーズ番外編「位の桃井に鬼が棲む」収録）

秘剣 ひけん　祥伝社文庫

□ ① **秘剣雪割り** 悪松・棄郷編 ひけんゆきわり わるまつ・ききょうへん
□ ② **秘剣瀑流返し** 悪松・対決「鎌鼬」 ひけんばくりゅうがえし わるまつ・たいけつかまいたち
□ ③ **秘剣乱舞** 悪松・百人斬り ひけんらんぶ わるまつ・ひゃくにんぎり
□ ④ **秘剣孤座** ひけんこざ
□ ⑤ **秘剣流亡** ひけんりゅうぼう

古着屋総兵衛初傳　ふるぎやそうべえ　しょでん　新潮文庫

□光圀　みつくに　（新潮文庫百年特別書き下ろし作品）

古着屋総兵衛影始末　ふるぎやそうべえかげしまつ　新潮文庫

□①死闘　しとう
□②異心　いしん
□③抹殺　まっさつ
□④停止　ちょうじ
□⑤熱風　ねっぷう
□⑥朱印　しゅいん
□⑦雄飛　ゆうひ
□⑧知略　ちりゃく
□⑨難破　なんぱ
□⑩交趾　こうち
□⑪帰還　きかん
【シリーズ完結】

新・古着屋総兵衛　しん・ふるぎやそうべえ　新潮文庫

□①血に非ず　ちにあらず
□②百年の呪い　ひゃくねんののろい
□③日光代参　にっこうだいさん
□④南へ舵を　みなみへかじを
□⑤〇に十の字　まるにじゅのじ
□⑥転び者　ころびもん
□⑦二都騒乱　にとそうらん
□⑧安南から刺客　アンナンからしかく
□⑨たそがれ歌麿　たそがれうたまろ
□⑩異国の影　いこくのかげ
□⑪八州探訪　はっしゅうたんぼう
□⑫死の舞い　しのまい

密命 みつめい／完本 密命 かんぽん みつめい　※新装改訂版の「完本」を随時刊行中　祥伝社文庫

□①**完本 密命** 見参！ 寒月霞斬り　けんざん かんげつかすみぎり
□②**完本 密命** 弦月三十二人斬り　げんげつさんじゅうににんぎり
□③**完本 密命** 残月無想斬り　ざんげつむそうぎり
□④**完本 密命** 刺客 斬月剣　しかく ざんげつけん
□⑤**完本 密命** 火頭 紅蓮剣　かとう ぐれんけん
□⑥**完本 密命** 兇刃 一期一殺　きょうじん いちごいっさつ
□⑦**完本 密命** 初陣 霜夜炎返し　ういじん そうやほむらがえし
□⑧**完本 密命** 悲恋 尾張柳生剣　ひれん おわりやぎゅうけん
□⑨**完本 密命** 極意 御庭番斬殺　ごくい おにわばんざんさつ
□⑩**完本 密命** 遺恨 影ノ剣　いこん かげのけん
□⑪**完本 密命** 残夢 熊野秘法剣　ざんむ くまのひほうけん
□⑫**完本 密命** 乱雲 傀儡剣合わせ鏡　らんうん くぐつけんあわせかがみ

【旧装版】
□⑬**追善** 死の舞　ついぜん しのまい

□⑭**遠謀** 血の絆　えんぼう ちのきずな
□⑮**無刀** 父子鷹　むとう おやこだか
□⑯**烏鷺** 飛鳥山黒白　うろ あすかやまこくびゃく
□⑰**初心** 闇参籠　しょしん やみさんろう
□⑱**遺髪** 加賀の変　いはつ かがのへん
□⑲**意地** 具足武者の怪　いじ ぐそくむしゃのかい
□⑳**宣告** 雪中行　せんこく せっちゅうこう
□㉑**相剋** 陸奥巴波　そうこく みちのくともえなみ
□㉒**再生** 恐山地吹雪　さいせい おそれざんじふぶき
□㉓**仇敵** 決戦前夜　きゅうてき けっせんぜんや
□㉔**切羽** 潰し合い中山道　せっぱ つぶしあいなかせんどう
□㉕**覇者** 上覧剣術大試合　はしゃ じょうらんけんじゅつおおじあい
□㉖**晩節** 終の一刀　ばんせつ ついのいっとう

【シリーズ完結】

□シリーズガイドブック**「密命」読本**（特別書き下ろし小説・シリーズ番外編「虚けの龍」収録）

小籐次青春抄　ことうじせいしゅんしょう　文春文庫

- □品川の騒ぎ・野鍛治　しながわのさわぎ　のかじ

酔いどれ小籐次　よいどれことうじ　文春文庫

- □①御鑓拝借　おやりはいしゃく
- □②意地に候　いじにそうろう
- □③寄残花恋　のこりはなよするこい
- □④一首千両　ひとくびせんりょう

〈決定版〉随時刊行予定

- □⑤孫六兼元　まごろくかねもと
- □⑥騒乱前夜　そうらんぜんや
- □⑦子育て侍　こそだてざむらい
- □⑧竜笛嫋々　りゅうてきじょうじょう
- □⑨春雷道中　しゅんらいどうちゅう
- □⑩薫風鯉幟　くんぷうこいのぼり
- □⑪偽小籐次　にせことうじ
- □⑫杜若艶姿　とじゃくあですがた
- □⑬野分一過　のわきいっか
- □⑭冬日淡々　ふゆびたんたん
- □⑮新春歌会　しんしゅんうたかい
- □⑯旧主再会　きゅうしゅさいかい
- □⑰祝言日和　しゅうげんびより
- □⑱政宗遺訓　まさむねいくん
- □⑲状箱騒動　じょうばこそうどう

新・酔いどれ小籐次　しん・よいどれことうじ　文春文庫

- □①神隠し　かみかくし
- □②願かけ　がんかけ
- □③桜吹雪　はなふぶき
- □④姉と弟　あねとおとうと

吉原裏同心《よしわらうらどうしん》

光文社文庫

（　）内は解説者。品切の節はご容赦下さい。

三田　完
俳風三麗花

日暮里の暮愁先生の句会に集う大学教授の娘・阿藤ちゑ、医学生の池内壽子、浅草芸者の松太郎。三人娘の友情と恋模様を瑞々しく描いた本邦初の"句会小説"。（高橋睦郎）
み-37-1

三田　完
草の花　俳風三麗花

女医の壽子は満洲へ赴任。帝大の科学者と祝言をあげたちゑ。尾上菊五郎の妾となった芸者の松太郎。やがて訪れた再会の日、満洲国皇帝の御前で彼女たちが詠んだ秀句とは。（久世朋子）
み-37-2

宮木あや子
泥《こひ》ぞつもりて

いつの世も恋はせつなく、苦しいもの。清和、陽成、宇多、三代の御世を舞台に、気鋭の女性作家が描くさまざまな愛と官能のかたち。『花宵道中』の著者が送る平安恋愛絵巻。
み-48-1

村木　嵐
マルガリータ

千々石ミゲルはなぜ棄教したのか？　天正遣欧使節の4人の少年の中で帰国後ただ一人棄教したミゲル。その謎の生涯を妻の視点から描く野心作。第17回松本清張賞受賞作。（縄田一男）
む-15-1

村木　嵐
遠い勝鬨

徳川時代の長い平和の礎を築いた松平信綱。「知恵伊豆」と呼ばれた信綱が我が子のように慈しんだ少年はあろうことか過去にキリシタンの洗礼を受けていた——。（細谷正充）
む-15-2

諸田玲子
べっぴん　あくじゃれ瓢六捕物帖

娑婆に戻った瓢六の今度の相手は、妖艶な女盗賊。事件の聞き込みで致命的なミスを犯した瓢六は、恋人・お袖の家を出る。正体を見せない女の真の目的は？　衝撃のラスト！（関根　徹）
も-18-8

諸田玲子
かってまま

不義の恋の末に、この世に生を享けた美しい娘・おさい。遊女、女スリ、若き戯作者——出会った人の運命を少しずつ
8-7

諸田玲子
お順（上下）
17歳で佐久間象山に嫁ぎ、夫の死後は兄・勝海舟を助けた順。彼女をとりまく幕末日本の勇士たちの姿と、強い情熱と愛で生きた順の波瀾の生涯を描く長編時代小説。（重里徹也）
も-18-9

森福　都
漆黒泉
十一世紀、太平を謳歌する宋の都で育ったお転婆娘、安芳娥《あんほうが》は、婚約者の遺志を継ぎ、時の権力者、司馬光を追う。読み出したらとまらない中国ロマン・ミステリーの傑作。（関口苑生）
も-19-2

山本一力
あかね空
京から江戸に下った豆腐職人の永吉。己の技量一筋に生きる永吉を支える妻と、彼らを引き継いだ三人の子の有為転変を、親子二代にわたって描いた直木賞受賞の傑作時代小説。（縄田一男）
や-29-2

山本一力
たまゆらに
青菜売りをする朋乃はある朝、仕入れに向かう途中で大金入りの財布を拾い、届け出るが――。若い女性の視線を通して、欲深い人間たち、正直の価値を描く傑作時代小説。（温水ゆかり）
や-29-22

山本一力
朝の霧
長宗我部元親の妹を娶った名将・波川玄蕃。幸せな日々はやがて元親の激しい嫉妬によって、悲劇へと大きく舵を切る。乱世に輝く夫婦の情愛が胸を打つ感涙長編傑作。（東　えりか）
や-29-23

山本兼一
いっしん虎徹
その刀を数多の大名、武士が競って所望し、現在もその名をとどろかせる不世出の刀鍛冶・長曽祢虎徹。三十を過ぎて刀鍛冶を志して江戸へと向かい、己の道を貫いた男の炎の生涯。（末國善己）
や-38-2

山本兼一
ええもんひとつ
とびきり屋見立て帖

道具屋「とびきり屋」のゆずが坂本龍馬に道具の買い方の極意を伝える表題作ほか六篇。"見立て力"で幕末の京を生きる若き夫婦を描いた人気シリーズ第二弾！（杉本博司）
や-38-4

夢枕　獏
おにのさうし
真済聖人、紀長谷雄、小野篁。高潔な人物たちの美しくも哀しい愛欲の地獄絵。魑魅魍魎が跋扈する平安の都を舞台に鬼と女人と恋する男を描く、「陰陽師」の姉妹篇ともいうべき奇譚集。

ゆ-2-26

吉村　昭
磔（はりつけ）
慶長元年春、ボロをまとった二十数人が長崎で磔にされるため引き立てられていった。歴史に材を得て人間の生を見すえた力作。「三色旗」「コロリ」「動く牙」「洋船建造」収録。（曾根博義）
よ-1-12

吉村　昭
虹の翼
人が空を飛ぶなど夢でしかなかった明治時代――ライト兄弟が世界最初の飛行機を飛ばす何年も前に、独自の構想で航空機を考案した二宮忠八の波乱の生涯を描いた傑作長篇。（和田　宏）
よ-1-50

好村兼一
侍の翼
宍倉六左衛門は御家断絶で裏長屋の浪人暮らし。妻に先立たれ、死に場所を求めて彷徨ううちに見出した境地とは？　江戸勃興期の侍の生涯を描いた、著者渾身のデビュー作。（縄田一男）
よ-30-1

渡辺房男
儲けすぎた男
小説・安田善次郎
安田善次郎は露天の銭両替商から身を起こし、一代で大財閥を築いた。先見性と度胸で勝機を掴み、日本一の銀行家となった男の生涯を活写した歴史経済小説。（末國善己）
わ-15-2

山本一力・児玉　清・縄田一男
人生を変えた時代小説傑作選
自他ともに認める時代小説好きの三人が、そのきっかけとなったよりすぐりの傑作を厳選。あなたも時代小説の虜になる！　菊池寛、藤沢周平、五味康祐、山田風太郎らの短篇全六篇。

編-20-1

杉本章子・宇江佐真理・あさのあつこ
衝撃を受けた時代小説傑作選
人気時代小説作家三人が、読者として「衝撃を受けた」「とにかく面白い」短編を二編ずつ選んだアンソロジー。藤沢周平、山田風太郎、榎本滋民、滝口康彦、岡本綺堂、菊池寛の珠玉の名作六篇。

編-20-2